# 周而復始的傷心

渺渺 著

# 目錄

輯一

## 失而復得的春天

輯二

# 周而復始的傷心

輯三

# 一萬個日落之後

輯四

# 點燃胸口的引信

輯五

## 闖越的膽量

# 輯一

# 失而復得的春天

日青是一把黃色的折傘，她不喜歡晴天，因為沒有人會看見她，她也不喜歡雨天，因為看見她的人並不是因為愛她而注意她，只是因為需要她。

她在圖書館外頭懸掛著，他們說她是愛心傘，需要的人都可以帶走，記得拿回來還就好，但她並不這麼想。

每當下雨，她會花二十四分鐘蒐集所有落到屋簷的雨水，唯有雨的重量超過一朵玫瑰時，她才會鬆開繫帶、舒展身體，成為某個陌生人暫時的庇護。

她認為慷慨是過譽的美德，大家都喜歡稀少的東西，傻瓜才大方地給愛，唯有保持吝嗇，付出才會被珍惜。

「如果有一種正確愛人的方法，那麼絕對不是竭盡所能地愛他，我試過了。」

二〇二一年五月十九日，她的日記裡這麼寫著。

錯過⋯⋯

你的生命我是注定要遲到了，
即使我未曾停止朝過去奔跑。

# 偽童話

和所有故事一樣，是很久、很久以前的事了。薄弱的印象裡，那天應該是七月十二日，星期五，晴朗無雲的堤頂大道，風輕輕熱熱的，我的左手埋進他的右手，輕輕的，熱熱的。

Sun 是他的姓氏，後面連著世界，失聯後的某個夏日午後我才忽然領悟，必定是因為當我叫喚他時也喚來了太陽，才使得七月的白晝長過黑夜。

接近太陽讓凍結的時間開始流動，什麼也無法阻止一切融化，自田野流向城市，自縱谷流向盆地，在深邃的眼窩形成小小的海洋，浸滿嚮往的生活。彼時關於家的想像還未成形，但我們約好了要養一隻貓，一隻不愛撒嬌的貓，牠挑食、敏感，牠會抓破我們一起挑選的芥綠色沙發。

夏天結束之前我總是想，如果可以和他一樣年輕就好了，如此一來我就能永遠流浪，耗費畢生的午後觀察他睫毛掀起的每一朵浪花的形狀。

## 我在水裡的日子*

要不是這些憂傷、不捨、歉疚、懊悔，其實我沒有把握能感受到自己的重量。傷心的事有虛構的名字作掩護，我放心地讓一切乾燥成碳粉，印製成長長的信，摺成一本書給你，它們複製又複製，在書架上堆疊銷售著，那麼公開地愛戀，又那麼隱微地指認，若說最後還有什麼遺憾，大概是無法親自確認你讀過。

希望你不要介意，關於我擅自替你換了新的名字，使我在提及你時得以假裝不是你，使你在讀見時能夠慶幸不是你。第二十六個英文字母，和第二十根菸、第三十六張底片的意思一樣。你是生命裡的最後一個，儘管沒有前二十五個，儘管未來可能必須發明第二十七個字母以詮釋新的語意。你將永遠是我生命裡的最後一個。

週末的垃圾桶裡總有幾封揉皺的信，或許我們都一樣，還有一些安慰、叮嚀，或祝福，黏滯喉間不敢開口又捨不得吞下。但我想，選擇沉默絕對不是因為放棄比較容易，對嗎？

每個人都是薄薄的紙，因為有了想保護的東西，才凹折身體；因為有愛，所以願意折損。也許會是很久以後的某一天，我希望你能從某個書架上揀起，攤開看看，關於那些我始終沒有親口對你說的。

所謂祕密，都是不能只有自己知道的事。

＊《我在水裡的日子》於二〇二〇年一月出版。

## ⋯⋯親愛的詩人

可以輕易感動嗎，當我讀著你的字。
快樂是被允許的表情嗎？
我能感傷你的感傷嗎。
當我想像那些最壞的遭遇而你必須獨自經歷，眼裡瀰漫的溼氣就讓整
座城市降下大雨。

## 背著彼此的苦難

三月五日

年初便在月曆上標記了今天，早上十點三十一分，我不斷更新榜單的頁面，終於看見了你的名字，明明替你開心，卻無法對你說恭喜。一切都告一段落了嗎？我想這麼問你，卻為我沒有參與其中感到抱歉。

也許過去當我獨自經歷著艱難與苦難時，你也曾想和我說些什麼吧，一如此刻，我想和你說聲辛苦了，卻懊惱著我們誰也沒陪著誰辛苦。

累的時候，想想你愛的人吧。我一直是這樣理直氣壯地想念你的。

## 失物

去年冬天在颳著大風的海堤完成〈失物聲納〉＊，為了避開人潮，我選擇在清晨的七星潭錄製海聲，卻因過大的風聲困擾著。曾試著改變錄音的位置，像是涼亭、屋簷、樹下或更接近海的地方，企圖獲得更純粹的海浪聲，並想起你曾告訴我，一首歌曲的配樂和人聲經常是分開錄製，後來才透過後製軟體組合而成。

而究竟要如何從整個夏天的聲音裡，分離出海浪沖刷石礫的聲音，和海水輕觸腳踝的聲音呢？聽起來很荒謬吧，就像要從掌聲裡擷取出十根手指各自的碰撞聲。

我以為從「我們」當中區分出「我」和「你」會是困難的，可是時間那麼輕易地就做到了。

＊收錄於《我在水裡的日子》一書，為搭配書籍內文聆聽的環境聲音，共五部聲音作品。

## ……我想有一顆塑膠製的心

### 三月十四日

易碎的都能透過反覆練習拼湊黏貼而變得擅於修補嗎？靈魂以完好的狀態迎接一次次破碎的可能。每一則噩耗傳來，都像是第一次聽聞那樣擲地有聲。

慢慢地，也許是時間讓一切光明正大了起來，於是知道了以為永遠不會知道的事，一些有必要知道但不願意知道的事。但無論如何，不只是我，還有我奮力遺棄的世界，它們會祝福你的。

俗氣的：「幸福快樂。」

# 禍首……

如果憂傷有形
會是怎樣的排山倒海

原來你決定離開
只是她轉身掀起的裙擺
誤觸的第一張骨牌

## 相認……

算一算，放在你那裡的卸妝油大概要過期了，綜合維他命吃完了嗎？你的過敏藥還擱在我的皮夾裡，標示已被硬幣磨得難以辨識，模糊得像從晾乾的牛仔褲裡取出的發票，像經歷最後一天時，我們浸了水的眼睛所見的一切。

背對背的這一年，整顆地球像浸入海裡的紙團，我們在皺起的夾隙中體驗著新的窒息，在各自的電梯口養成新的習慣，從默念手機鑰匙錢包，到手機鑰匙錢包口罩，你是否還每天刮鬍子呢？我的口紅用得更少了，表情在口罩的遮蔽之下顯得安全，讓我不再需要費心練習快樂。

偶爾到北部出差，我總想著該如何不著痕跡地邂逅你。

也許做一隻有翅膀的獸，反覆掠過你上空，或是下場陣雨，在低陷的柏油路面形成一灘水窪，等待你返家的步伐，更靠近你一點，也許是應徵一份遞傳單的工作，在你公司樓下的十字路口發送，戴著口罩，不用、不用，你不用認出我。

在整個世界經歷驟變的此刻，有什麼是可以不變的嗎？我無限次地，在沙漏光之前倒置沙漏，相信至少能有一粒沙，能夠藉著我的偏執留在同一側。

……台開心農場

騎過那條近海的、崎嶇的柏油路，來到你曾經承諾過的花海，抵達時才發現花期未到，向日葵還沒有開。今天天氣很好，風很大，風箏都飛得好高。

會不會只是因為你飛得太高了，我才找不到你呢？

好希望手裡也有一捲線，收著收著，你就回來了。

# 對方正在輸入訊息……

等，或不等，會是你的難題嗎？

偶爾打開對話框，揣摩像多年未見的老友那樣問候，幾度嘗試便換得幾度失敗。

你也曾開啟那荒廢的欄位嗎？曾看見顯示「正在輸入訊息……」的提醒嗎？逐步失語的後來，最張揚的想念也不過如此而已。

# 沿著各自的地圖行走

## 五月八日

捷運恰好經過圓山，城市正值春夏的交界，消耗著最後一點未洩盡的冷，像玻璃杯裡剩下的一點點，得要傾斜久一點，琥珀色的酒液才能克服表面張力抵達嘴裡。

晚間十點，我撥了一通電話給他，邀請他同我喝一晚，只因你總是介意我和他靠得太近。我希望你知情，讓憤恨驅使你來到我面前，我希望你對我生氣，像氣貓咪趁著你不注意溜出去，氣自己沒有看顧好貓咪，你也許會質問我為什麼，或氣到什麼話也說不出口，我希望你對我生氣，因為生氣等於在意。當然，一切止於想像，我沒有說，你也沒有來。

他並不知道那是一通求救的電話。我們抵達古亭站，坐在離吧檯很遠的地方，我談起你就沒有句點，他根本不認識你，我其實也沒有很認識他，他只是聽而已。

我從古亭站，走到東門站，再走到西門站，我忘了那天走了多少的路，直到今天又走了多遠的路，我所經過都是你的地圖裡沒有的路。

……比生命更長

失敗的等待
是我企圖以時間丈量愛
單位以分秒，以日月
以季節以年歲
都太傲慢

## 梅雨季節

第一次離開你，和最後一次遇見你，哪次比較值得傷心呢？最近一到傍晚就開始下雨，雨水落到玻璃窗上，再因風而凝聚、因重力而墜落，或藉著表面張力停下來，遙遙相望。它們靠近彼此又遠離彼此，遠離彼此然後靠近彼此，沒有人記得最初是誰先愛上誰的。

我想在凝結水珠的玻璃窗上寫信給你，責備你粗心遺落了物事。菸草和字跡，鐵鏽味和香水味，還有我自以為能與歲月抗衡的驕傲，以及與驕傲格格不入的自憐自卑，我始終保留著這些你不要的東西，等你有一天回頭向我討回。

兩年來，我幾度遷移至島的凹陷處，也許是地形的關係，日晒多過雨淋，傘的笨重與累贅像你，儘管不需要，我相信著總有一天會用到。等待的信念讓我堅持攜帶著憂傷，卻也害怕真的等到了你，而我已經錯失正確的時機讀懂一個許諾等待的眼神，那眼神何其平凡，平凡卻可一不可再。

## ⋯⋯記得要忘記

這場等待的耐力賽裡，我反覆問著自己，眼前這片夜景、那部電影，你為什麼缺席，直到我不再相信那是不得不的決定，你可以選擇回來，只是你選了別的。

但願你所追求的真如你所想的那樣好，使你再也不要想起為此放棄了什麼。

在幾次夢裡的月台上，我用力向你揮手，用力哭泣，我不再祈求更多只希望可以被你牢牢記住。如果你能記住，就記些快樂的事，記得約定好的向日葵田，忘了我們沒有實現。

## 好人

傷害往往從接近開始，小學美勞課第一次使用剪刀時，我從包裝上「遠離兒童」的字樣明白這件事。

愛從來不是絕對美好的行動，它讓信任瓦解，讓自尊萎縮，讓傷害的形成變得容易，它像一個允諾的開關，你同意對方以任何方式對待自己，以溫柔、以冷漠、以激情、以憤恨、以懷疑、或以背叛，如果沒有感覺到痛，絕對不要誤會它良善，它需要時間淬鍊，用越長的善待換取信任，才能挖掘至靈魂的內核，並在足夠深的地方埋下炸彈。愛的險惡，是我在他們身上反覆領悟的事，十九歲第一次失戀的痛苦讓我誓言不傷害人，可是如今。

有時我疏於覺察自己的尖銳，直到抱我的人說痛，我的犄角弄痛了他，而他過分用力的企圖也弄痛了我，動彈不得時總是我率先逃跑。

他說都是大人了，有什麼決定還是見面談吧。我同意，以真實的話語代替訊息，也許相對尊重些。和義大利麵先生的最後一頓飯是公司附近的小籠包，厚厚的麵皮裹著調味平淡的豬絞肉，J提醒過我，選擇雙方都不會再去第二次的場所告別是一種體貼，也經常是身為戀人的最後一次體貼。

我信誓旦旦地，像是預見所有結局那樣告訴他，我的無能將導致我們的無能。

「妳會不會記得生命裡有一個討厭吃油蔥酥的人？」這是他的倒數第二句話。

我想起我也曾在某個將要被遺棄的場合有過類似的提問，以致於我充分明白這並不是一個問題，而是一種無能為力的提醒：「請記得我。」

這一年，以愛之名讓一些人受苦，說完了抱歉，才似曾相識地想起，我也曾是那個收下抱歉的角色，緊緊揣著那歉疚，望眼欲穿，試圖從中挑揀愛，或愛的可能。那是極度晦暗的日子，是塗滿黑色水彩的畫紙，是再多白色都無法漂洗，幾年日光曝晒都無法點亮的陰影地帶。那黑暗裡藏著一頭深色毛皮的獸，只要一句火車月台的機械廣播聲，一件法蘭絨格紋襯衫，一抹介於藍綠之間的顏色，或只是一串意義薄弱的數字，就能輕易將牠喚醒，喚醒那段我意欲擺脫的時光，它像簡報般一幕幕投影，在我腦中重複放映。

失望我早已習慣，不要緊，可這次換我說抱歉了，令人失望遠比失望本身更加難受，關於傷害，這是我明白的第二件事。

## 深色的六月

給你的信你讀過了嗎?抱歉,寫得太長了,你那麼忙。

六月是過渡的長廊,沒有節慶的標記,只是從五月緩緩步向七月,迎面而來是毫無疑問的假期,毫無疑問的炎熱,任何事情都要用等待換取,可我終究沒有換得想要的東西。

一度樂觀地以為記憶的機制是疊加、覆蓋,嶄新的必定清晰,而舊的記憶則會無可避免地模糊、褪色甚至消失的。可是那些關於你的片段,卻憑著某種信念而堅韌頑強地飽和又明亮著。

我已不能再說愛你了。

可是如果這不是愛,那什麼才是呢。

## 斑馬

在侄子的童書中看見一隻前半身是斑馬，後半身是馬的動物。一查才知道牠叫斑驢，又名擬斑馬，是生長在非洲南部的動物，在十九世紀後期滅絕。

幾天前，我感覺你是真的要走了，但有一部分的我知道你其實已經離開很久了。

那時是你帶我重新走入青春，為二十幾歲的記憶著上新的顏色，像是打開一扇舊門，卻見嶄新的白牆和平整的沙發，鮮豔的地毯和沒有指紋的琴鍵；還未適應新肥皂的氣味，你又把我帶離了青春。如果錯過是真的，那年少限定的快樂以後肯定不會再有了。

我已經準備好要老了，可你還那麼年輕，還有餘力等待，等待合適的時機破浪，目光中的火炬像是能永遠凝視遠方的浪頭，風吹也不眨一下。

岸上的啤酒瓶都空了，我遲疑著要不要再買一手來陪你等，還是放棄好呢。

## 畢業典禮

六月十三日

原本應在春天啟程，穿越海岸、田野、隧道和城市的偶陣雨抵達你門前，忘記那時是怎麼承諾的，是我開口你才附和的，還是你先伸出手打勾勾的？

六月，當我在花店前躊躇著尤加利葉要搭配玫瑰或桔梗時，你已在木棉樹下收到最好的一束花，那畫面羨煞多少太自由的背影，而我無法避免地成為其中一個。

## 基隆嶼

這座島之所以讓我想起你，是因為它太像蛇吞掉大象的樣子了。（不能說它像帽子，否則小王子會難過。）

記得《小王子》中孤獨的點燈人嗎？他每天在日落時點燈，日出時熄燈，他的星球很小，二十四小時會經歷一千四百四十次日出日落，狹窄到住不下另一個人。

住不下另一個人，一定是因為裡頭老早就住了人，一個讓他必須重複點燈與熄燈的忙碌才能分心不要去想念的人。

# 不如這樣

幾次逃跑的計畫都未能成行，很遺憾我仍是你印象中那樣軟弱，獨處對我而言需要更隆重的意義。

那時，我們會相互提醒攜帶手機充電器，雖然還是留了幾支牙刷在短暫留宿的旅店裡。我們擔憂著彼此的不時之需，你的過敏藥在我的皮夾裡，我的胃藥在你的抽屜裡，最好的夜晚會像陳奕迅唱的一樣，擁抱到天亮。

那時，你的車廂裡有一把折傘，兩件雨衣，而快樂是不論何時何地，只要主詞是我們，啟程就是目的，沒有人探究意義。譬如遠方，是要同時抵達才有意義，你不要所以、我害怕所以，我們留在各自的原地。

# ……恐懼備忘錄

1. 害怕說出「如果你還在……」，像悼念陽台一朵花的盛開。
2. 害怕我必須假設你的鞋子掉了，眼鏡遭竊，或被巷口的貓吸引而忘了回家。
3. 害怕你沒帶傘，天氣過分晴朗，或是雨落得猝不及防。
4. 害怕為你打傘，而你其實擁有更好的屋簷。
5. 害怕無人接聽，而電話號碼無誤，訊號滿格，網路連線正常。
6. 時針與分針的交會羨煞我的等待，想像持續旋轉就能期待重逢，於是我練習旋轉，旋轉像失控的硬幣，跌落暗夜的水溝，好希望你覺得可惜，可是不過十元而已。

7. 害怕童話和舞台劇，我向左走，再向右走，繞過圓環一圈又一圈，想像一場奇蹟，可你在磁極另一端，我永恆的對面。

8. 鯨魚玩偶把房間哭成海洋，弄皺了日記，滲透了菸草，淹沒了這個和那個春天。

9. 害怕方位的確定與不確定，河流，山川，街道，捷運，海洋，我重新繪製地圖，卻失去比例。

10. 墨水已乾涸，而你尚未回信。

11. 害怕所有兩份的東西，於是虔心相信是一種孤獨的魔法，把世界變成兩倍大。

12. 害怕記得一座城市的繁榮，要同時記得它的殞落。

13. 害怕假設的那一天來，但陽台的花還沒有開。

## ……未接來電

她說她一直記得，他拒絕聆聽的那一夜是多麼安靜，通訊軟體等待接通的鈴聲循環在耳邊，和呼吸交融在同一個頻率。

一切近乎無聲，讓發抖的肩膀摩擦衣料的聲音顯得好吵，雨水落在不鏽鋼護欄上的聲音好吵，街燈閃爍著好吵，白蟻拍動翅膀好吵，心臟跳動的聲音好吵。

於是她跳了下去，發出流星被許願時的聲音。

## ……神奈川衝浪裏

你記不記得曾經有個人送你一片海，海被畫在明信片上，微風、夏日、時光，沒有任何東西能夠風乾它。

## 蜻蜓

在防潮箱裡發現一隻風乾的蜻蜓，全身都已脫水失去顏色，自頭上的複眼到蜷曲纖細的腳都呈現深淺一致的褐色，難以辨識牠的死期。

要不是牠死了，我畢生也許都沒有機會那麼仔細觀察蜻蜓，在牠短暫的一生裡，是否曾被哪雙眼睛，或和牠相同的複眼這樣注視過呢？

只可惜再盛開什麼也沒用了，玫瑰、桔梗、向日葵，失靈的翅膀注定要錯過所有春天。

## 執迷不悔

如果你我都已離席，時光該如何審視我們許諾過的花束、煙火、婚禮，或衰老、病榻和骨灰？我擔心時間稀釋責任，怕你將不再為了無法兌現而即將成為謊言的諾言感到坐立難安。所以我閉上眼睛，讓鬼怪永遠待在衣櫥裡，摀住耳朵，讓祕密成為永恆的祕密。你與誰親暱要好，參加誰的畢業典禮，送了什麼花束代表什麼花語，我知道了太多沒有必要知道的事情。

不過別擔心，你見識過我的愚昧，我失去一切仍保留執迷不悟的性格，一如既往地無視壞的後果，假裝它們尚未發生。像小學時候的美勞課，在龜裂硬化的陶土表面頻頻抹上水，徒勞地揉捏著，想軟化那些已經風乾成形的遺憾。

## 彩虹

紅是假期，空白的行事曆。
橙是鳳凰花，缺席的畢業典禮。
黃是資料夾，絕對不能開啟。
綠是通訊軟體，您沒有新訊息。
藍是海洋失去潮汐。
靛是星夜無星。
紫是想念，也不只是想念而已。
白是你的溫柔，黑是我當時不懂。

## 誤解

幾度打開對話的視窗又關上，越是想和你說話，就越是明白我們已無話可說的事實。但我想我不該為暫時的陌生傷感，是J和我說的，她要我相信你，你猶疑不定，也許正在選擇，或捨棄，對於在兩者之間難為的你而言，疏離是刻意的、必要的，也是暫時的。

反覆鍵入與刪除的過程中，漸漸體認到這世界上也許不存在任何語言，能夠完整地闡述我們曾經的要好與後來的支離破碎。我曾以為對某些事物的理解是全然透澈且將永恆新穎的，以表情判斷需索，以虛實分類夢境，以時間交易真心，以信任翻譯謊言，我以為我永遠懂得你，活在個人狹窄歷史的慣性中，在偏見中求解。也許多年以後，我會藉著某種後悔，矯正對你、對愛的見解，只是現在尚未。

但願有一天可以親口告訴你，說你回來了真好，還好我沒有想錯。

## ……你和我

### 十月五日

你現在住在哪個城市裡？風大不大？雨季長不長？即使因為疫情被迫困在同一個時區裡，我們還是那麼遙遠，像剛分開時那樣。其實說過很多次，只是寂寞太真空，沒有介質能替我傳遞一句到你那裡。不過如果你已經聽見了你想要聽見的，我也能不要說了。

這樣的日子之於你是怎樣的日子呢？今夜，流星選擇性地只在我的天空墜落，預先留了一個願望給你，只給你的。

原來我不再說我們已經那麼久了。

## ……二十七

謝謝，如果你曾在某處給過隱喻，儘管怎麼讀都是壞的意思，我都會高興。

也許我們都因為一份新的關係，或準備進入一段關係，而必須保持無言以對，靜默中我們同樣謹慎地寫詩，像隔著玻璃訴說，小心翼翼地張大嘴巴，無聲張揚著不捨以及其他。我們同樣用力，同樣觸碰不到對方。

親口吹滅了二十七歲的蠟燭，這次不許願了，但願實現願望的精靈能把魔法都用在二十五歲的生日願望，用力地、過分地去實現。

二十出頭的掌心，輕易召喚太平洋的暖流用來溫暖他人，還能有照顧自己的餘裕，對比現在，我幾乎感受不到懷裡的東西，像是用力把傘柄握緊，卻仍弄溼身體。如果早知道有或沒有都是一樣的，我們還會為持有而快樂嗎？

生命的第一萬天將出現在二十七歲又五個月的時候。

「你不覺得二十七年聽起來比一萬天更長嗎？」

還一起的時候，對時間的感知常犯相同的錯誤。我們都覺得每兩週的重逢太慢，於是換算好一年的等待，預支恐懼，約定逃避，然而三百六十五天卻比我們所感受的更快，你可能已備妥充分的理由拒絕回來。一想到這裡，時間就像在陡斜的坡道上失控的腳踏車，沒有值得期待的風景能讓它慢下來。

經常念舊，偶爾回到現實會稍稍詫異，竟又要撕下一頁月曆，我不得不承認衰老，除了更容易疲倦的身體，心的感官也正逐漸衰退，我不再像初次見你時那樣自信勇敢了。然而不再追問你沒有赴約的理由，並非不在意了，只是知道了信念所生成的東西都有其限制，譬如永恆。

也許這樣的猜測太自負，我試想沉默其實是一種拒絕試探脆弱性的溫柔，我們都不願看見彼此的衰敗，而我應當還予你同等溫柔，並為我們之於彼此的獨特而高興。

## 小王子

總感覺思念讓生命變得單薄，我擔心我能做的只剩緬懷而已，像是透過很多條路反覆抵達同一場苦難，最終遇見了某年某月的那個男孩，遇見了但忍住不問後來。

## 損失……

你恨我嗎？是就好了。
如此一來當你成為你們
也能不因快樂而內疚

一如所有離開的步伐中
左右腳無意識的先後
我們之中總有人要率先實現持有
倘若那人是你，我應該高興

我恨你嗎?能就好了。
等待的耐力賽裡
我終以念舊獲勝了

而勝者的餘裕
便是許諾一個熱辣的夏天給你
但願你能覺察我的讓步
並感受到比一球冰淇淋從餅乾甜筒上墜地
更大的損失

## ⋯⋯漁光島

南邊的海岸是沙子做的，一踩就陷落。而我必須趕快踩下另一隻腳，使身體的重心平均分配在沙裡，才能不要陷得太深。這些年來你是這樣艱難地向前行的嗎？倘若擁有等待的餘裕，你也會留下來的對嗎？

## ⋯⋯時光機

我遇見你了，在你不在的地方。

每當無法靜下心來，我的缺陷就一覽無疑，暴躁、嫉妒、焦慮、自閉，無法直視鏡子裡的醜陋，我陷溺於無盡的自卑裡。這樣的時刻，我會想起你過人的自律，以及你沉穩的性格，我見過它們如何和你的才華相輔相成，所以我很早就知道，你將比我更早成為想成為的人。

冬季的獨處總讓人感覺匱乏，踉踉蹌蹌，像張不平衡的桌子，我隨意從抽屜裡拿出一張紙想摺起，補足桌腳過短之處，卻意外抽出了你給的信。

「注意保暖。」我傲慢地想像那是跨越時空的問候。

我會的，你也是。

# 遲暮之海

宇宙仍在運行，二〇二一年比世界末日更早到，生命還沒有正當的理由提前結束。最近眼尾隱約能描出魚尾的形狀，頸部的紋路多了兩條，和這個世界交涉了二十幾年，許多事物我仍弄不懂規則，比如不明白為何夜比晝長，為何分針比時針長，而路明明一樣遠，為何遠離不如接近那樣容易。既然說人生有起有落，持續努力的事，總不會一直困難下去吧，可是過了兩個春天，雪怎麼仍下個不停？或是我從未理解愛的形狀，才會自以為能夠僭越分離的規則。

騎著機車去到崇德，還沒走到岸邊就下起大雨，雨和浪都分不清楚了，浪看起來不年輕了，像灘混濁的水隨風擺弄，這才發現我能做的事好少，想讓你看看十二月的海都做不到。

## 想想……

你收留了一隻受傷的麻雀，說大概是從鳥巢裡掉出來了，照片裡有一個大紙箱鋪著餐巾紙，小麻雀瑟縮在角落，旁邊有兩個小碟子，分別裝著米和水。你要我幫牠取名字，我說讓我想想。

你說要不就叫「想想」吧。

「是思想的想嗎？」

「是想念的想。」

# ……落後

不知不覺地，那些曾在岸邊咆哮著「你怎麼能……」的事，我也可以做到了。

如今我們不再交換語言，無聲的提問都讓給時間作答。一如我率先成為你抽屜裡的一張照片，等待著有一天掉進取不出來的抽屜夾層間。或是放任沉默推擠，做聊天列表最底層的欄位，一個再也不必書寫，以致遺忘的名姓。我已經能笑著想像，我將（或已然）成為比煙更稀薄的存在（或完全消散）。

好的事情都是稀少的，當我們無法共同擁有，我相信比起我，它會更適合發生在你的生命中。應許第一個吻時我就明白，無論什麼結果，都是緊挨著命運來的，同季節一般，再漫長的重複也只是一年，終究會來的，那怕什麼呢，誰不是準備好膽量才買下驚悚片的票券。
然而令人難受的從來不是結果，而是我別無選擇地要做落後的人。
總是你先決定了要走，才輪到我。

## 孤獨感

二月十四日

今晚一則網路新聞指出，社會神經學者認為孤獨感是人類進化的產物，孤獨使人依賴，有益於群體社會的發展。在假說被證實以前，也許還能假裝自己是寂寞但自在的人，抵制戀愛資本主義的一分子。

左滑喜歡，右滑不喜歡，欲擺脫孤獨的意識紛紛藉著聲線和對話變得立體，讓人誤以為明天的孤單能被今晚的問候擊潰，但其實不會。

二月十五日一早醒來，我們一樣孤單。

……重要他人

二月二十八日

海仍是海，我們仍是彼此最想保護也最輕易傷害的人。

## ⋯⋯過敏性症狀

陰鬱霧霾的早晨我想起你，以及因為過度搓揉而發紅的你的鼻子，有時你不停咳嗽，為了讓疼痛覆蓋喉嚨癢的感覺，受不了時你會吃藥，吃了藥就會睡上長長的一覺。

偶爾，我假裝此時的你只是睡著了而已，再過一個冬天你就要醒來，你會和我說你做了一個很長的夢，夢裡的我們是如此傷心，好險，好險只是夢而已。

## ⋯⋯海或

上一次到鹽寮是去年夏天，海或瘋市集的最後一天。

我記不得很多事了，也許有些記錯了。

下過雨的泥地溼潤，我們在市集攤位微弱的串燈下相互提醒著小心，輕扶彼此繞過一灘灘水窪，一面行走，一面聽懸崖下的浪花拍打，聽你說他喜歡她，但她就要離開花蓮了，一個注定錯過但美好的故事。

離開鹽寮，我們決議去島東譯電所喝一些，第一次喝高粱酒和日本清酒，也是初次體驗混酒帶來的翻攪與迷幻，儘管真的只有一些，我吐得一塌糊塗，你問我在哭嗎，我說沒關係，吐的時候本來就會哭。

那晚在市集裡買了一個紅色髮圈。兩週前，大概是某個上班的早晨，我繫得太鬆，掉了，我不確定究竟是我將它弄丟的，還是它不要我的。

再次來到鹽寮時已是春天，陽光多好，我清楚地看見事物在時光的縫隙裡如何擠壓變形，支離破碎的美好初遇，面目全非的日常關心，還有一些被神赦免而倖存下來的，比如永恆一致的海浪聲，手機相簿裡的熟悉臉孔，總說是我弄丟了它，事實上是它不要我的。

……大稻埕

還以為春天抵達，冷就是明年的事了。

那天好美，閃爍的水面很美，遠方的光點很美，相擁的戀人、隱約的月光、停泊的舊船，這裡的一切都能是美的，只因為我和你沒有一起來過。

## 我談過的那場戀愛

### 四月一日

也許是我的沉默太格格不入，話題的空隙中總有人會對我投以憐憫的眼神，安慰我的時候他們常談起自己經歷過的斷裂，以及斷裂後的重建，又是新的好的人了，才不是呢，壁虎新長出的尾巴和原來的就是不一樣了。接著他們會假設我不相信地要我相信傷心的有限，我相信呀，只是沒想到在它的有限裡，能膨脹得那麼巨大，清醒過所有夜晚也按捺不住這頭失控的巨獸。

這些緊握著的東西我是真的想要嗎？

也許並非因為渴望，只是害怕，我不知道一無所有是什麼感覺。

「我要愛上另一個人才有辦法不愛他。」電影中貝佳的一句話，把爆米花弄得很溼。

我不明白為什麼分開的人都要假裝離開是容易的，不明白你，也不明白我自己。

我喝得太多了，今天畢竟是今天，就不要太當真了。

## 繭的形成

討厭四月的記憶難纏，除了溫溼度、紫外線，我幾乎能夠預知所有明天，所有相同的明天，像是睡了長長的一覺，醒來發現天還亮著，分針時針是熟悉的夾角，手機顯示相同的日期，我不斷行走但沒有真正前進。時光像倉鼠的滾輪，輪帶有刺，每每踩過舊的痛苦，我就長出一層新的繭，皮膚漸漸增厚，形成一片硬殼，抵抗所有你的消息，我用盡全力奔跑，只為了不要再有感覺。

期待的失望的，那些傷害過我們的，我都不要了。

## ……Uranus

傍晚窩在書店裡拼拼圖，書架上幾個星球的圖案裡我直覺地選擇了天王星，Uranus 是你教會我的字。

我已不知道該憑著什麼想像你的生活，慶幸還有些微小如塵埃的舊事牽引著你，像在生命的土壤上均勻地種下細細的尖刺，遍布時間流經之處，覆蓋過去與未來。流過血之後我便不再小心翼翼了，厭倦了「一切痛楚終將結束」的喊話，信心應該更有效率地使用，比如更堅定地懷念，更坦然地去憂傷。

所以允許自己不計痛苦地想念你，蘋果紙菸的氣味，二〇一五年是枝裕和的電影，後搖滾的起源，忒修斯悖論，以及那本紅色書衣的詩集裡你最喜愛的局部，我時常溫習，等著哪一天你問我記不記得。

## ……新竹車站

### 四月九日

不可思議地，竟有點懷念那些絕對傷心的片段，對於當時仍完整的身心，告別是生命中前所未有的苦難，日子像一團團滲透的面紙，所有清醒的時間用來等待它們風乾，其他的，則理直氣壯地放任身心頹爛。倘若沒有了這些，生命肯定愉快得很無聊吧。

那天也和今天一樣晴朗，無眠的清晨，我自你的房間離開，啟程時還矯情地對床上的鯨魚玩偶說了下次見。

步行至候車區時列車尚未進站，那時多麼適合道別，可是我們都沉默，無視命運最後的眷顧，它好心設置告別的台階，你卻選擇折返，而我走上了另一條危橋。

想說的遠比被說出口的多，我想我們都不願承認後悔，亦知道無從後悔，畢竟夢裡無數次回到分離的現場，還是一句話也沒有說，你沒有，我也沒有。

那是清明假期的最後，窗外風景明亮而乾燥，我的臉頰卻像飽和的海綿，不斷滲出水來，溼氣的逸散趕不上新生，流淌在靠走道的座位，右邊的陌生男士看我一眼又別過頭，有些不自在地看向窗外，我忙於擦拭覆水般的哀傷而無心照顧他的尷尬，逼著他陪我籠罩在濃霧裡，搖晃到終點站。

……4:00 AM

你害怕看見
也害怕不再看見
眼淚是火，枕頭是柴
房間是夢的墳場
漏數的羊葬在棉被底下
等愛你的人掀開

## 夏季恐懼症

夏天的雷陣雨總令我想起二〇一九年那場驟雨，像是刻意安排的場景，在狹長的生命裡做了深刻的標記，雨水的分量與速度像極了水上樂園的灑水系統，溼透了我的內衣和襪子，你把手指併攏抵在我額頭，讓水能沿著你的手臂向下流，我們瞇著眼睛不讓雨進到眼眶，互相推讓著僅有的雨衣。而今，溼氣已完全消散，那件乾燥的雨衣仍藏在我的車廂裡，使我比冰淇淋更害怕夏季。

## ……你帶她去我們去過的海邊

這必定是此生最失敗的旅行，行囊裡塞滿給不出去的紀念品。

儘管曾聽聞你已搬離這座宇宙，我仍執意循著你的線索，跨過海洋、穿越沙漠，離開一座城市，抵達另一座城市，換了兩次手錶的電池，終於來到你的星球，如此大費周章竟只收穫了謊言，怎麼你不要我相信的事，那些我終於不相信了的事，都是真的。

社群消息的傳播令人猝不及防，儘管我沒有真正見過她，卻因為一再溫習而感到熟悉，比對著你與她發布的照片，一幅幅相同的風景，一切都豁然開朗了起來。

你陷落的咖啡廳沙發、浸泡過的海水與嗅過的櫻花，你床頭擱著的小說、旅行的意義和枕邊的臉孔，關於你的所有提問，她給出了最令人信服的解答。

我忍不住想像，當你牽著另一雙手行過七星潭海岸、太平洋公園、東大門夜市、雲山水、慶修院、龍宮咖啡，你是否也見到了我，像我總在你缺席時見到你那樣。

「幸福快樂。」

若今早醒來你見到了滋潤的柏油路面，那是昨夜的大雨為你喝采。

我曾經比你更加期望它的發生，如今它發生了可是。

## 最好的日子

記憶偶爾帶我回到兩年前的那個禮拜五，如果依照電影《戀夏五百日》的算法，那是我們的第二天。

我們約定在中午見面，去你高中時打工的日式拉麵店，彼時那頂藍綠色的安全帽還沒有被偷走，你為我戴上，我靜止不動像是允諾，允諾夏日將我們的身體炙烈地灼傷，即便要用畢生幸運的額度交換也在所不惜。

那時你抽寶亨六號，地獄拉麵是我初識你習慣的辣度。等待餐點的時間，我把錶交給你，牛皮原色的錶帶，我們的手腕差距三個孔，倘若三個孔不算多，那麼四歲應該也不算多。

春天正慢慢靠近，往事像融冰，水一樣化成一灘透明，我們曾一筆一劃描繪的輪廓，現在正一筆一劃消失在有暖陽的時刻，許多細節，我甚至已經分辨不出究竟是忘了還是我從未記得，你的聲音被稀釋得很淡、很淡，那時究竟是眉骨還是喉結，讓我決定去愛的呢？

把三百六十五個日子倒著數，才察覺一年原來有那麼久，而我才正開始適應我們背著彼此的轉變。

回家的那條大路重新鋪上了柏油，平坦得像什麼都還沒發生、什麼都可以發生。菸蒂、檳榔渣、血跡、鼠屍與落單的防風手套，一切覆上新生的黑雪，連雙黃線的草稿都沒有，像是又能乘載新的憂傷，你是否也和我同樣期待生命裡那場雪降臨，賦予一顆能再次流血的心呢？

那天回到家後，我傳訊息告訴你，那絕對是我生命裡最快樂的一天，毫無疑問，儘管彼時的我們只見過兩次面，但我十分確定。

今天是二〇二〇年七月十二日，我們的第七百三十天，很高興我沒有說錯。

## ⋯⋯適合遺忘的妝容

習慣在夜裡探索「一個人」和「寂寞」的界線，漸漸明白如何選色，如何運筆，如何畫妥一張平靜的妝，安心地讓血管裡的鮮紅被遠方的、不知好壞的消息推湧。

「我早忘記了。」

你會不會覺得好笑呢，這些日子我也長出了幽默感。再回頭看以前發布過的社群狀態，才發現那不是真正遺忘的人會說的話。

## ……To Love Is to Know

一樣的夢境太頻繁，讓我在夢見你時清楚知道自己身在夢裡。儘管如此，我仍像初次遇見那朵玫瑰，熟練且耐心地剝落一片又一片花瓣，一面問你愛或不愛。一如往常地把燈熄滅，把蠟燭點亮，直到燒出一池眼淚，玻璃杯中的冰塊都失去形狀，一切冰冷與炙熱都回到室溫，愛的或恨的都回到陌生，直到窗外的雨停了又落，數過一千隻羊，越過一百個相同的月亮，我始終沒有等到你也回頭看我一眼。

「To love is to know
To know is to let go」

—— Jaime Wong〈I Swore I'd Stop Writing About You〉

如果還願意等，是否表示我還不懂得愛呢？我始終做不好，那些我早就知道該怎麼做的事。

## ……話語的困境

如果可以，我也想在這樣的季節和你聊聊天，也許比一杯咖啡的時間更短，也許脫口而出只剩謝謝，無所謂，我想再見你一面，與你聊聊錯誤，聊聊這些年引起你悲傷的物事，聊聊現在，此時此刻，你曾無比嚮往的此刻，是否真符合你啟程時的設想？你有沒有帶著深愛的人去旅行，踏過你心中最美的海岸？

每當我在恆溫二十八度的房間裡躺下，腦海會不斷浮現十五度的西門町、三十二度的羅東夜市，當時被我攔截在喉間的話，失溫的台詞字字清晰，情緒卻已不知去向，終究不是小孩了，我正在遠離二十五歲，成熟意味著對已經失去的東西不再有被剝奪的感覺，成熟是無動於衷，是學會更多語言，但開始厭倦說話。

節氣來到了大暑，很遺憾此時我們無比接近夏天，卻要獨自熬過最長的白晝。

## ……悖論

眼前一顆流星墜落，但「願我們好」是兩個願望。

你好，或我好，根本上是一樣的，連續的，因果的，各自而不相違背的。

那時候就說好了，你先快樂，我就快樂。

## 看著你

網路新聞說：「心理學家透過實驗計算出兩個人目光接觸的最佳時間為三秒，且沒有人能夠忍受超過九秒的凝視。」可是分離的那一晚，爭吵過後的靜謐裡，明明你看著我，我看著你眼裡的我，那麼久，久到秒針繞過一圈，甚至兩圈，扣除九秒之後的剩餘，會不會就是科學無以運算的愛情呢？

生命中與你的寥寥幾次重逢，都是一下班就搭上最近的太魯閣二八五次，晚間九點半抵達，至化妝室補上口紅和香水，確認妝容無瑕才走上電扶梯。緩升的過程，想念和期待是無以復加的最大值。

一次抵達車站出口時不見人影，十幾分鐘後你才從遠方跑來，微微笑著，略帶歉意地說找停車位花了一些時間，我沒能直視你的眼睛，那大概是科學難以說明的另一種例外。

那天的日記裡我寫下：「他是我見過最適合笑的人了。」

## 貧富差距……

被愛的人不知道愛情其實也貧富不均，有些人孤獨節儉地過著每一天，攢著攢著就老了。節制或浪費並非所有人皆有權做的選擇，有些人能選擇愛，有人只能選擇等。

我原本也打算和你偕老的啊。

## ……愛是

你肯定無法想像，斷裂了我們而新生的後來是多麼醜陋，我羞於承認那些因為嫉妒而釀成的禍，甚至因此慶幸我們失聯得澈底，使你無從問候起這兩年，我便不必編造謊言、掩飾醜惡，費心喬裝成你印象中的好人。

關於分開，我仍不免視之為惡意遺棄，我到底是不甘心的。慌亂中，我倉促投身幾段關係又倉皇抽離，那些人控訴我離開得沒有道理，老實說我與他們靠近時也沒有。大概是被孤獨推了一把，而我們都恰好回頭，兩雙寂寞的眼睛於是短暫地交會，沒有天雷和地火，僅僅是一陣偶然的風吹落了樹葉，兩片枯葉輕輕擦撞，我深知終點是土壤，而非對方。

他們在不同的時空異口同聲地問我愛不愛，我總反問他們愛是什麼。

我不認得愛，如果愛是永恆且雙向的，那我與你的便不是了。

如果愛是深刻且誠實的，那麼我與他們的便不是了。

也許我對於他們的情感只是某種憤世的復仇，因為你愛上了別人，所以我也要能。

與他們的時光都短暫，短暫得像是熱帶性低氣壓的過境，那是一個過長的夏天，所有的雲都被用來生成颱風，城市被無止境的風雨填滿，而我的冰箱空無一物。他們吹亂了我的裙子，不曉得是否在裙底見到了愛？面對那些注定錯過的靈魂，我一直不夠用心，泡泡麵的熱水我也懶得煮，每一餐，我打開即將過期的玉米罐頭囫圇吞下，沒有咀嚼，接著在隔日的馬桶裡看見玉米原封不動地漂浮著。我真心希望他們和那玉米同樣完整，我真心後悔傷害任何人。

我不想是那樣的人，卻扎扎實實地成為了那樣的人。

愛人是高成本的運動，接近三十的心很鬆弛，體脂肪是唯一能揮霍的籌碼，浪漫在衰老的細胞中已相當罕見，我也不如年少時慷慨了。時間昂貴，我疲於接受，也吝嗇付出，更遑論包容脾氣與迥異的習慣。

每當又搬進一個新的房間，重新適應枕頭的軟度、棉被的厚度，和另一個廠牌的空調運轉聲共處，太高了、太厚了，窗型冷氣太吵又太耗電了，我忍不住挑剔，挑剔襯衫的花紋、洗髮精的氣味、電影的喜好，與房間裡大聲放送的串流歌單，我一一列舉瑕疵做為結束的依據，最怕聽見他們反省，因為瑕疵並非真正的瑕疵。我不敢要他們原諒，原諒我的針對與苛責，我不敢承認我不要那些東西並非因為不好，只是因為那不同於你給我的。

經歷傷害與加害，我樂於回到那個曾令我痛苦的深淵，明白了情感一旦交流便有積欠，而持有即是傷害的開始，我只保護得了真正喜愛的東西。可是他們說快樂的方法是不要去看那些自己沒有的東西，所以我練習不去好奇你的消息，練習不喜歡你的詩作，我放棄所愛，練習在夢境裡提醒自己身在夢裡。

托那些風雨的福，現在我終於逃得夠遠了，逃回山谷的最低處，我們的回憶的斷點，我想像逆轉過去的可能，和延續未來的可能，天馬行空地、不影響任何人地繼續我們，我斷絕了所有與他人的交涉，讓寫作的耗神、工作的耗時與斷續的睡眠占據整個房間，整座城市，整個宇宙。

在你拒絕參與的後來，我仍未習得愛為何物，倘若愛是深刻且誠實的，永恆且雙向的，那麼我確實沒有愛過。

## 快樂閾值

泡一壺花茶，倒入週末選購的手燒陶杯裡，窗外有微風，桌上有書，儘管一切被掩飾得從容，我無法不承認最好的時光已被錨定在二十五歲。也許是因為經過你，使我對生命中好的事物有了更嚴苛的標準，所以快樂困難。

## ……有些話說了等於沒說

最近，特別是答案逐漸明朗的最近，總感覺應該說點什麼以表示我想留下你的企圖心，儘管喪失已經發生，都不該只是哭泣而已，示弱只能換得同情，同情是最廉價的愛情，這我明白。

所以，說點什麼吧。

記得嗎？我們唯一的一月，我高估了那天的氣溫，出門前，你要我換上你的白色高領衫，我們穿著同一雙黑色皮鞋踏進《普通的戀愛》新書分享會，在那之後不久永樂座書店歇業了，於是第一次成了最後一次。關於我們的許多第一次，我好希望在它發生之前就知道那是最後一次。衣服的表面有一些毛球，它們在纖維表面形成小小的陰影，後來即使寒冷我也不曾再穿它，它以一種面對永恆的姿態整齊地折疊，避免任何摩擦堆造出新的毛球，讓它能一直維持著最後一次的樣子。不論四季，它被擺在第二層衣櫃的最左側，也許是因為冬天有它的守候，於是寒冷一直沒有過去。

說點什麼吧。

剛按下播放鍵，是 Cigarettes After Sex 的播放清單。與他們的初遇發生在你的單人床上，只能放置一顆枕頭的寬度，我們的手臂無法避免地疊在一起，你說你知道他們，他們許多歌聽起來就像是同一首歌。

「When you're all alone
I will reach for you
When you're feeling low
I will be there too」

——Cigarettes After Sex〈Apocalypse〉

後來我沒有再和誰像那樣一起聽音樂，什麼都不做只是專心聆聽，沒有了。那時候最令我害怕的大概是告別，現在不了，我已親眼見過末日。

說點什麼吧。

一如往常擁擠的捷運車廂，新埔站三號出口，你的機車已經不在那裡，更浪漫的風景在熟悉的後照鏡裡慢慢成形，而我尚未練習好替你快樂的表情。

轉角開了一家名為方寸的書店，我從架上抽走《河流》到櫃檯，她說很高興我喜歡，不過那是非賣品。記憶跳躍到二〇一九年的春天，我們在梓書房讀到《過冬》時也是，好不容易遇見了生命中稀少的美好卻無法擁有，倘若是你會不會寧可不要相遇呢？書店的採光、咖啡與選書都很棒，你會喜歡的。

黑暗已經持續太久，我放棄去辨識影子的輪廓了，總有一些午後，一個人和兩個人是一樣的，希望我能一直這麼覺得。

必須說得很少，原諒我總把信寫得太長。

我不斷提醒自己簡潔，明確，並且看起來不經心，一切的一切都只為確保你知道我有多麼愛你。凝視著閃爍的短線我不斷催促著自己，說點什麼吧。可是我都說過了。

## ……奢侈

Q交了女朋友後我們仍偶爾問候，他曾向我提起那隻手錶，六年多前的事了，我忘了我也曾經為了買一份生日禮物去打工，那時基本時薪一百一十五元，兩個月的薪資戴在他的手腕上。他說現在有更多能力滿足物欲，卻再也體會不到當時的感動。

這讓我想起幾年前與你的窘迫，我們各自忙碌，節制著一個人的生活，把錢攢下來在兩個人的時刻花用，單獨的時候喝便利商店咖啡，一起的時候喝單品手沖，我們對待對方遠比自己慷慨許多。

只是我已經沒有把握，那些令我感動的部分是不是也令你感動。

## 一人份的快樂

花了兩週終於把分析參數找齊，明明是值得慶祝的事，卻也沒能和誰說。很少和人談論工作的事，包括那些焦慮痛苦的形成與消散，像是小時候寫生字本和數學習題，填完了所有格子的感覺，完成了屬於自己的作業，與他人無關的，畢竟每個人都有各自的功課。也許更像是把牙膏擠得一滴不剩的早晨，或是一次就插對ＵＳＢ方向的瞬間，微不足道的成就感，說出來是有點好笑。你離開之後，我經常得矯正對生命的誤解，比方這些無處安放的感受我終要自己收著，明白了快樂也有不能分享的版本。

# 輯二

# 周而復始的傷心

小魚曾是個聽覺敏銳的男孩，那時他還能聽見外界極度微弱的聲響。比如待在四樓的房間，他聽得見窗外的麻雀在電纜上跳躍，聽得見窗沿的螞蟻爬行，聽得見窗簾被風吹起、纖維相互摩擦的聲音，有時甚至會聽見天上的雲熱烈交談，可惜他不懂雲的語言。

多數時候敏感的耳朵其實令他困擾，他常在夜裡被莫名的聲音喚醒，像是遠方流浪動物的啜泣，和路燈疲憊的嘆息，他無法不聽見不想聽見的聲音，尤其是那些壞的消息，那些他不用知道的祕密。

那天，他在樓下聽見她的房間裡有另一個腳步聲，聽見她洋裝的釦子和另一件襯衫的釦子輕輕敲擊，聽見她的心臟搏動，聽見她羞赧而激動，聽見她笑，那是在一起時他未曾聽過的表情。他聽出來了，那是她告別的暗示。

為了再也不要聽到令他憂傷的聲音，他在耳朵裡灌入水泥，為了不要被發現傷心，他潛入海裡，從那天起，他只聽得見自己的哭聲如雷鳴。

……臣服擁抱

初次撲火的蛾翼
怎知道光也有
傷人的可能

# ……再一下下

每天，太陽都事不關己地升起，我其實也厭倦了憂傷。詩集讀了再讀，仍不確定你將在哪一個明天離去。

那時我頻頻追問，像在寫不完的期末試卷前，不斷張望掛鐘，好似再多看一眼，就能再延遲一點點。

請讓我再做一個夢，我保證很快就醒來。

## ……聽著你

聽覺，最無法觸及又難以阻隔的知覺。我們能在播放驚悚片時閉上眼睛，在走入公廁時憋氣不讓異味流入鼻腔，但即使用力摀住耳朵，也難以換得絕對的無聲。生活充斥著各式各樣吵雜的聲音，某女星在口袋中拾獲兩百元、某男星被揭露劈腿惡行，人們總大聲地說著無關緊要的事，而最想講的，卻只敢用想的。

左耳播放著〈多雨的城市〉，令我想起你的家鄉，那個我曾因就學而居住六年的地方，也有著潮溼冰冷的冬天，老舊的木衣櫃裡總放了一盒吸飽水的克潮靈，與牢牢附著衣物的霉味分子。整座城市，像能夠容納幾加侖的淚水那般從容地下著雨，接著凝結成雲，再從凝視戀人的眼睛裡溢出，如此循環著生生不息的憂傷。

某種預言般的，我遺失了右邊的耳機，洗衣機、外套口袋、浴室洗手台，任何可能的地方都找遍了，也許是那趟回程的火車吧，我暗自揣想。耳機的型態朝向隱形、無線式發展，分離的藍芽耳機少了牽制和束縛，不必再為打結的耳機線苦惱，但粗心的我太容易弄掉東西了，習慣的養成趕不上文明的步伐，來不及告訴你，我其實喜歡一起勝過分離。

## ……Inception

他轉述心理學家的論點
說夢是平行時空的切面

會不會另一個時空裡
我們正探討著一些問題像是：
電影的最後，陀螺沒有停止旋轉
難道不算是一趟最好的旅行
得以沒有終點地進行下去？

又或那個你並沒有看過電影
而我們能討論一些問題像是：

下雨了，晚餐吃什麼呢？
要不在家煮吧。
你把味噌放哪裡了？

我曾意圖使時空交錯，無視醫囑
吞下比平時更多的處方
睡著像一面故障的鐘
且自願不要醒來

昨夜，我確實在那裡見到了你
才停止，停止但不靜止
一直是這樣的不是嗎？
像顆持續旋轉的陀螺，在故事的終點
等著你發現我，一直一直
沒有走開

## ……小事

當人們關注著病毒、疫苗、股市、石油，我只關心著與全體人類存亡毫無關係的小事。

像是如何做一朵雲，在炎熱的夏日午後量身打造一塊陰影，跟隨著你但不落下一滴雨？

如何走入一座山裡，肩負二十公斤的愛意卻拒絕期待沿途風景？

如何做一只馬克杯，能無限地盛裝冷漠且不因低溫而凝結眼淚？

如何滿足你的占有，無視靈魂的乾癟？

如何在貧瘠的心意上盛放一朵花讚美你的慷慨？

如何挑揀傷口中的碎玻璃相信它們能拼湊出良善的形狀？

如何討論愛你的正確性，當我甘願棲身在你的籠子裡等待有朝一日的愛情。

……可惜

生活平坦得像張白紙，近看卻滿是皺摺，沿著紋路，我試圖找回一些被善待過的線索，就像是不小心打翻了一盒薯條，在地板上挑揀還能吃的局部。

## ……不寂寞的方法

倘若關係的進程是一條沒有分岔的、筆直的線，那麼我們大概已退無可退。

幾度要走，最後還是留了下來，抗拒孤獨的手段那麼多，偏偏選了最難的一種。

# 紙飛機

世界寂靜得令我害怕，我害怕天黑，害怕下班後的長沙發，儘管讓電視大聲說話，耳膜仍未能通透任何一種頻率的聲音，無聲的長夜裡，我唯一能聽見的，已不會再聽見了。

我害怕忽略時間，也害怕意識時間，原來壞的日子仍和其他日子沒有不同，二十四小時，差不多的日落，回到同一個枕頭，月光與月影困在同一個圓上，疲倦與清醒同樣巨大。

不知道是從哪一句話開始的，眼睛的閥無預警地壞了，一直從裡頭冒出東西，閉上也不管用，也許只有你能修好它。

眼淚在吐氣時掉得特別厲害，當我面向你的醜惡，得要很用力呼吸，才換得靠近你一點點，然而你並不知情，如同你不知道我走遠的時候，是多用力地忍住不要呼吸。

今夜，也只是輕輕地拿起筆，整疊書頁就溼成爛掉的紙飛機，明知會墜落，還是用力地朝天空拋擲，掉了就拾起，再拋一次、再拋一次，多少次失敗才能不為用心過的摺痕感到抱歉呢？

白紙的輕盈沒能避免疼痛，每一次撞擊、浸溼、摩擦、裂損所帶來的不可逆的消耗，你都並不知道，我想那就是拒絕了，你拒絕了所有問候抵達的可能。

紙飛機原本能飛得多高呢？

我們不會知道了。

紙飛機裡寫了什麼，你是不會知道的。

## ……臣服眼神

等待一雙凝視她方的眼睛回望
風來了
也沒有眨過一下

## 失能

你不必回應與愛有關的難為的命題，我只想知道，分散愛的額度，真的能夠避免永恆的失去嗎？

每一次，當你又走進她者的迷宮，湧現我不能介入的快樂與哀愁，我似乎就又變得能夠置身事外，預視最孤單的結果。我相信愛是本能，你一定曾經真心對某些人承諾，只是其中沒有我的耳朵。

# 南港小屋

## 五月十三日

明天你就要搬離南港的小屋了。

一直以來我們有共識地稱它小屋，而不是家。這裡收藏了我們的睡眠與清醒，音樂與詩歌，漢堡、披薩和滷味，我們把身體和枕頭放置在此，從來不期待它能孕育出什麼，愛情之類，都是近似但不可觸碰之物，一如冰箱上的盆栽，偶爾替它澆水，維持著不要凋萎，但也從未想像過它會開什麼顏色的花，它的根同我一起，以進退兩難的姿態堅持到了這裡。關於在此地發生的棲止或停留，時態都不會是永恆，小屋，這房間被賦予一個可愛的名字，事實上它根本不需要名字。

「住著相愛的人的地方才能稱為家。」你也是這樣想的吧。

為了方便遷徙，我們將記憶的片段分門別類一一放入紙箱，球衣、背心、大衣、圍巾、把秋冬春夏摺疊再摺疊，每摺一次都是接受事實的練習，層疊的行囊不斷提醒著我：「你即將要遠行，這次沒有帶上我。」

當衣物都收妥，我們坐在沙發上回味你最珍愛的角落，簡易的組合式三層櫃裡放著許多收藏品，絕版書籍、扭蛋公仔、ＤＶＤ、不具名的畫作以及各種展覽的導覽手冊。其中有一本兒童翻譯繪本《我喜歡你》，顯眼的紅色精裝書衣，每一頁都留下了秀氣的藍色字跡註解。

「是喜歡你的人吧？」嗅到醋意的你笑了笑，說當時只相處兩三個月便告終，你思索幾秒鐘，從三年前的記憶裡揀出一個名字，比對署名，你只答對了其中兩個字，你急忙解釋，說並非你虛情，只是時光殘酷。

我忍不住想，我終有一天是否也要走過與她們相同的軌跡，被你的記憶淘汰？我不會說被遺忘，忘有記的前提，你未曾認真記住過我。你從不好奇我的喜好、習慣與脾氣，我像一只耶誕節活動偶然得到的交換禮物，緞帶仍牢牢繫著，堆在角落，等待著下一個十二月到來。

翻閱著櫃子裡的書，揚起的塵埃漫著一股熟悉的洗衣粉氣味，可能是因為遇上了女孩的字跡，引起了身為同類的不甘，所以我用力地吸氣，想讓味道被每一顆肺泡認得，不久後的某一天，我要把這個屬於你的味道扎實地遺忘。

終於來到最後一晚，我提議用初次約會的明太子烏龍麵做為晚餐，卻碰上居酒屋客滿，於是我們走進斜對面的中小餐館，牆面是由破舊且深淺不一的木板組合而成，吊扇在日光燈管下旋轉，扇葉把燈光截成一段又一段，閃爍的空間像夢境，像你不確定的問句。

「我們在一起好不好？」

你的眼神戲謔，像是在說：「這不就是妳要的嗎？」

幾個月前，謊言還不是謊言，我遊走在光芒萬丈的你周圍，做小小的影子，等待一個邀請，等待我們比朋友更要好的可能，我的盼望你一直都知情。也許再早一點點，在春天的球場或冬天的海岸你問，我就會說好。

原來令人難受的並不是最黑的夜，而是忽明忽暗的燈光。

你是一顆恆星，一顆被許多人凝視，卻拒絕被命名的發光體，我的記事本裡只有陳舊的數學公式，不足以運算你周旋情感的複雜軌道。三百多個日子，我日日修正路線以符合你的偏離，卻一再偏離自我，古板如我，無法懂得現代愛情的規則，更遑論參與你的遊戲。

地上的容器迫切渴求，你把光芒切碎，溫柔地灑落像春天的細雨，抵達每個想要的人手上，那是吝嗇如我所不能同理的善良。

「她們有的妳也有。」我忍不住欣喜。

「那我有的她們也有嗎？」要忍住不能傷心。

為什麼一個人不能只愛一個人就好？我把問題連同逆流的胃酸一併嚥下。也許我應該問問自己，怎麼愛一個人連同他的慷慨一併愛上。

# 珍惜

保護糖果的方法並不是將它放入口中，我太晚察覺了。

## 比較愛

「請你把我的愛吐出來。」

下次夢見你的時候，我一定要這樣對你說。

真正令人難堪的並非損失，而是你把我給的和別人給的一視同仁地收進衣櫃裡，還安慰我和她們之間有襯衫和 T-shirt 的差別。

誰想要做特別的，要做就做唯一的。

# 氣球

「要抓好喲，不然會飛走。」媽媽如此叮嚀。小時的我牢牢抓著，抓著就是擁有，不必理解「失去」意味著什麼。但在那懵懂的年歲裡，我隱約地知道，氣球並不是屬於我的東西。忘了那時是因為調皮，還是某種救世主式的情操，我鬆開手，把氣球還給了天空。

他經歷著動盪的五月，百公里遠的我腳下，地殼隨之搖晃。

離職後也要離開台北了，他平靜地說，平靜得令我感傷。我們的距離從來不是共同的決定，我亦未參與其中種種考量，像是被鎖定在某個專為等待而設的座標，唯獨他能任意移動，然而當我再度回到無人接應的車站出口，那巨大的被遺棄感，我亦未能缺席。

他離開前夕，我自告奮勇為他設計新的履歷，以利尋找下一份工作，事實上已經好多年沒有使用軟體，快捷鍵的組合與功能幾乎完全陌生了。熬過幾個不為人知的夜晚完成，特意挑選正常的作息時間寄出檔案，簡短地說整理好了，若需要修改請不要客氣。那時扣除工作的時間已相當稀少，卻好似特別廉價，擔心太昂貴的心意不被買單。對一個人的喜愛究竟是巨大而有分量的，於是壓過了辛苦，再艱鉅的任務都是舉手之勞。

那份豁達似乎隨著年齡增長而漸漸遺失了，面對一放開手就要溜走的氣球，除了緊握我沒有更好的對策，越緊握越是不捨。

我一面搖晃冰咖啡裡的冰塊，一面向S報告近幾週的生活，她反問我難道不覺得不值嗎？我開始細思生活中令人感覺不值的時刻，譬如跟風嘗試季節限定口味的星冰樂，第一口便覺得還是拿鐵好喝，譬如等候五個小時的染燙過程，一週後即褪色、洗直。時間或金錢的失衡我大概能夠稍稍感受，但情感要如何交易才公平划算呢？若幾個夜晚的鍵盤勞動可以交換一次愛人的感動，難道不值嗎？

匱乏才會引人思考值或不值的問題，而我那過滿的，取之不竭的深不見底的心意，哪怕揮霍呢，每一次釋出善意都像是邀請他同我一起浪費。

「是妳願意被不勞而獲的。」S有點嚴厲地說。

這是最後一次的邀請了，我能為他做的其實不多，即使盡力做完所有，也沒能讓我們靠近愛情，畢竟感謝和情意到底是不同單位的、無法換算的。

長大學了理化才知道，因為氣體組成不同，用嘴巴吹出來的氣球是不會飄的，是不必費心恐懼、不必用力抓緊，就會安穩地垂落身旁的。

可是不會失去的氣球，誰想要呢？

## ⋯⋯總和

生活是否要足夠艱難，艱難到輾平希望，才能騰出空間讓相愛的益處膨脹？

沒有經歷過貧窮便學不會節制嗎，沒有需要弭平的戰爭，沒有饑荒和難民，就無法說明世界和平嗎？

得要攜手走上高原，在大雪中搓手取暖，相互推讓僅剩的食糧，瀕死時為對方記得口述的遺書，才能體會一起活下去是什麼意思嗎？

更美滿、更豐足或更幸福，我無法證明相愛會給生活帶來任何好處，我這樣普通的人，所謂更好，只是兩副碗筷一鍋湯的總合，兩支牙刷一條牙膏的總合。

一聲早安與另一聲早安的總和。

## ……獵戶

南濱的海岸鋪滿大石頭，並不容易走，尤其是夜裡，後來你見到星星了嗎？

彼時我學會辨認夜空裡獵戶座的位置，便想像有一天能為你指認。最亮的那顆名為參宿七，〇．一二等星，是比太陽更亮的恆星。可惜距離地球太遠，儘管是燙的，也無能讓你的冬天更暖一些。

白浪的往復未停，潮水勤奮地起落，卵石卻退化為尖銳的樣子。

夜又要來了，但回憶實在太少，陽光還未能畫完我們的影子，星星就到齊了。

## 癮……

你曾教我，點燃時得要一併吸氣，讓氧氣通過菸草的間隙進到肺裡，交換想念、愛戀、憎恨，當然，還有生命。

每每燃起菸，曾交互填滿的指間就紛紛落下黑色的雪。想念是點菸的練習時間，我想和你說話，可是我不懂得電影與藝術，我不認識溫德斯和愛特伍，我們那麼不一樣，我的笨方法便是嘗試練習養成一樣的癮，讓尼古丁成為我們共同的痴迷。

我自菸草燃燒的邊緣凝視整座城市，大樓、人行道、路樹，還有照片裡你的臉，它們因熱而扭曲著，像垂死掙扎、六腳顫動的蟑螂。陽台沒有網路的訊號，想撥通電話給你，才赫然察覺我從未熟背你的電話號碼，這算不算是源自靈魂的否認，能不能做為不夠愛你的證據呢？

最後那晚，依然是你說，我聽著。你說出了我想說而未說的，我聽出了你想說最終沒有說的。到了這個時候，誰說都是一樣的，你的嘴裡瀰漫著與我相同的薄荷菸草味。

## ⋯⋯聲音砝碼

當我愛你，你的聲音會變得具體，像是把紙摺成飛機，像把氦氣灌進橡皮裡，我看見了原本看不見的東西，並將它們收進掌心掂量，感受苦難與僥倖、不甘與捨得、坦然與懊悔、憤怒與羞愧，感受它們的擴散與穿透，感受恨比髮絲更輕，感受愛比骨骼更重，然後一一清點，收進隔日的行囊。

- 謊言是白色的羽毛（七克），擅於飛翔，它們乍看像白孔雀、雪鴞、獨角獸，實則為舊枕頭的填充物，擷取自滿布口水漬的白布套。
- 承諾是草莓口味的鑽石糖果（十九克），每公克可提供四大卡熱量，落地會碎，碰到太陽會融化，底部是塑膠製的戒台，鮮豔可愛，但嚴禁食用。

• 坦白是鋒利的石頭（三十七克），高密度的殘忍，適合拋擲，因為真實，所以疼痛。

• 沉默是冰（七十九克），凝滯或流動取決於溫度，比如緯度，比如季節，比如擁抱，比如漸行漸遠。

我小心翼翼地將各種聲頻收進珠寶盒裡，無論它們曾是什麼，又將會成為什麼，我都珍惜。

**七克——「嘗試、可能、或許、試試看……。」**

我們在分岔路口來回踱步，親眼見到了分離，卻不約而同地閉上了眼睛，應該靠近或遠離我們都不太確定。你拋出了幾片含糊的字，像粉色的櫻花瓣緩緩飄落，它們讓殘忍變得不難看，卻沒有緩衝一點點憂傷。

**二十六克**——「我們在一起好不好？」

彷彿我因盲目信任而佚失的歲月都不存在，你承諾將她們的名字埋進土壤，從此遺忘，並以反省的姿態，等待貧瘠開出鮮花，屆時你將繫成一束給我，換取原諒，你說這一切都因為你愛我，這次我沒有當真了。

**四十四克**——「要不做回朋友吧。」

像是行駛在台北車站往南港的途中，說不然改去巴黎吧，比起無聊的玩笑，我更討厭你不經思索的傲慢，友誼與愛情究竟是兩個維度的事情，無法抵達不只因為遙遠。希望你沒聽出逞強，我要比你更心不在焉。於是我明知到不了，卻還是和你說好。

**八十六克**——「但願妳不要再難過了。」

以訊息完成最後的道別，你簡短地回應。事不關己地祝福，我感覺到一種難以形容的荒謬。好像你站在門的另一端，隔著玻璃愛莫能助地對我說：「我真心希望妳打得開。」可是唯一的鑰匙就在你口袋。

## 一百一十六克——「……。」

不說話以後心情平靜，在你沉默著像是督促我練習變得沉默的過程裡，我也漸漸收攏攤開的手掌，不再以為索取都有被填滿的可能。有時我會自負地猜想，不以言語驚擾彼此，是因為確定我們之間緻密、柔軟且堅韌的鏈結，是鋒利的時間也沒轍的。於是我也接受我們的陌生了。

寫下這些的時候，你我皆已帶著輕盈的行李告別南港，我們的起點成了真正的遠方。這些聲音收藏在上鎖的記憶區塊裡，我不曾真正回放過，僅僅是需要某種確據，做為虛擲愛的警告，我不該那樣愛你，不因你的行為如何，只是沒有必要而已。

# 多少……

願望的重量，流星知道。
飛行的寂靜，羽毛知道。
海的深，落鯨知道。
雨水的不捨，雲知道。
如果有一件事是重要的，你不用知道。

……不在

經常看著因為你離席而留下的空缺，感受到你還存在時所沒有的重量及踏實。

真的，我寧可你是一條乾枯的河，我便不用頻頻張望不斷下探的水位，擔心魚溺死在孤寂的大氣裡。我但願你是真空，是火山，是極地，是黑洞，是窒礙難行的地獄，我便能不必掂量生命受苦的能力，斷然放棄前進。

## 信任的年代

我曾為了保留少數美好的瞬間，企圖把謊言恢復到它們未被拆解的樣子，可是你知道的，禮品店店員打的蝴蝶結往往是最完美的，鬆開過就不能再繫回最初無瑕的樣子。我非常確定，彼時能對你口中的不切實際深信不疑的時光是絕對幸福的。

也許最難得的情誼，並非因為共同消耗了幾年、一起抵達某個遠方，或是尋獲寶藏，而僅僅是在無光的永夜裡，在月光隱匿，星星墜地，地圖也無用的年代，聽著你的聲音，我願意深信不疑地前進。

# 保持懷念

蟬開始叫了，牠肯定也覺得我很遜，過了一年也沒有長進。

時間的廊道已寬得能容納我們，從某個關鍵字默契地抽出同一縷記憶片段，我說記憶裡的你，你說印象裡的我，相互對照，在七月的燥熱和黏膩裡，這些過分的快樂似乎有點格格不入。

記得你持菸的手指彎曲的弧度，刮鬍子時下巴的仰角，以及輕抬左手讀錶的姿勢。

曾那麼用力地記得，卻終要承認自己無能。不知道為什麼，為什麼明明那麼喜愛這些片刻，卻沒有能力讓它們延續下去。

## 斷點……

記憶像一條無止境延長的細線，把我們像兩塊布般縫緊，緊到發皺。

原來所謂分離，只需要找到線頭，再輕輕一抽。

## 丹娜絲

這幾天下了幾場雨，滂沱的雨之下，傘骨顯得更脆弱了，但此刻，颱風來了或走了都不是最緊要的事。得在雨停之前給你訊息，我已沒有更好的理由問候。

自我們相遇到後來的每一次重逢，都是稍有一點閃失就無法實現的交流，但我們仍然在每一次約定的時間裡實踐理想戀人的模樣，以忙碌的白晝兌換一面星空，在盤裡留下一隻魚最好的部位，或為對方褪去蝦殼、切分牛排。

謝謝你打開了門，讓我們曾走進同一個想像中。我曾盼望從裡頭偷走一瞬間，然而後來我們共同持有的已經比一瞬間多上好多、好多了，太貪心的人才會說捨不得。

明天似乎不下雨了，高溫三十五度，紫外線強，注意防晒。

髒……

八月二十四日

我開始習慣你離席而空出的位置，並深信那裡原本就應該空出一個位置。

很遺憾我切斷了所有聯繫的管道，否則我也許會和你說，你的背影比以往都好看，這次我看了很久，身穿黑色T恤的你進入驗票閘門，轉向月台，接著越走越遠，像個汙點，在一個不知名的岔路口，終於消失不見。

# ……與時間為敵

很久以前，說過要一起去看螢火蟲的。知道那並不算太認真的承諾，那時草率地拒絕履行，大概也是因為堅信時間會和我們站在同一側吧。

# ⋯⋯最後一封情書

初遇時，我在日記裡寫下：「今天在二樓的走廊搭訕一個＿＿＿的男生。」

原想熟識後便能推敲出答案吧，可至今，我們從陌生回到陌生的此刻，我仍對空格裡應填入什麼詞彙毫無概念。

他帶我認識各種菸紙、菸草的味道，他教會我不去計較一首詩的韻腳，因為成為一個成功的魔術師，華麗的撲克牌不是必要。他帶我走過當代情感的捷徑，花園、地道與條條暗巷編織成他信仰的地圖，像張縝密的蜘蛛網，我自願墜入，並為成為他的食糧而感到快樂，誤以為自己是唯一的獵物。

「我不覺得專一是維繫一份關係的必要條件，難道對很多人好就是個爛人嗎？」

我不知道。

「我想我只是比較誠實吧，比起其他男人。我也可以說給妳聽，如果不介意謊言。」

如果耳朵有開關就好了，好希望世界能暫時安靜下來，我連自己的哭聲都覺得吵。

他引領我走進美術館、劇場和巷子裡的舞台，沿著書砌成的長廊，我們讀海子和余秀華，「你沒有如期歸來／而這正是離別的意義」，那時未能參透，北島早已透露我們的結局。

他的詩艱澀難懂，可我也從不花心思理解，就怕萬一讀得透澈，會同情他的冷漠是因為惶恐，會理解他的濫情是考量專一的風險，我害怕自以為是的解讀使得恨變成我能夠不要做的選擇。

「我無法想像妳不在了，我還能繼續寫東西。」

二〇〇六年法國哲學家安德烈．高茲（André Gorz）為身患重病的妻子朵莉妮（Dorine）寫下《最後一封情書》（*Lettre à D.*），紀念他們近六十年的愛情。出版一年後，高茲在家門口留下一張給朋友的紙條：「不要進門，請通知警方。」並和妻子在家中服藥結束生命，他們約定過誰也不要成為獨自活下來的人。

K，我也許愛你，但我從未想像過和你一起死。

你大方地將自己切分給許多人，她們分別持有你的局部，銳利的眼瞳或豐滿的唇，灰黑色的肺葉與空蕩的心房，如同我用夜晚兌換你的白晝，你也和她們交易，在傍晚六點的南港公園、凌晨三點的酒吧，週末的圖書館、美術館和二輪電影院。

你散落的碎片中，我曾持有你的右手，且無知地為此感到虛榮，在籃球場、台北街頭、捷運車廂，場景細節我已不願再細想，我好害怕，害怕提及我們就變成考驗記憶的試探。當我說我們，也許會和你手機裡某個上鎖的記憶重疊，而使你看不清楚牽著你的究竟是哪一張臉，是我，是她，還是她？不讓你難堪，並非原諒，只是願意寬容。

別人想要的我就不要了，儘管你總說我已分得較多的愛。

小時候，母親經常買一種水果軟糖，一個正方形紙盒裡有四顆糖，家裡五個孩子得透過猜拳決定誰能獲得糖果。我總謊稱牙疼，假裝自己不想吃糖，讓想要的人都擁有了，圓滿的結果需要犧牲換取，大家嚼著嚼著，笑著笑著，小孩不吵鬧了，我只要忍住不哭，母親也就鬆一口氣。

儘管現在的我已行在全然不同的風景中，我仍保持意識地不去懷念，且永恆地記得，我等候過一個人，慣性服輸的我從沒有那麼好勝過。

一年了，也足夠從想像走到想像成真。

你終究離開了我的房間，住進了別人的房間，關於身體不在場的事實，我已無須再向偏執的心多做解釋，可過程仍是艱難的。這些日子，我站在吹著大風的高空鋼索上搖搖欲墜，思考著墜落和維持著不要墜落哪一種相對難受。直到夏天來臨——我決定要掉下去的時候，才明白深淵之深無法以時光衡量，我不斷向下墜落，明明只愛你一年，速度的疊加卻像沒有盡頭。而我病態地期待最終與地面的碰撞會是一記狠辣的耳光，我要永遠牢記這份領悟帶來的痛楚。

K，有時候我仍會無法克制地想知道，你究竟是把給我的也給了她們，還是把她們不要的給了我。我想，當一個人能夠描述痛苦，便表示已能面向痛苦。我面向著你，面向著你引以為傲的華美的殼，裡頭的你得要好好收著，別被她們發現，一個人的醜惡，戀人是最沒有必要知道的。

記憶如此有限，我盡力僅記得你好的部分。

高茲說該感興趣的不是已經寫下的事，而是接下來要寫的事。我想唯有一直寫你，我才能做到不要恨你。

# 失去因應指南……

1. 扯下幾根頭髮，放在你枕頭底下。
2. 以食指輕抹早餐蛋餅空盒，讓油漬在玻璃杯表面留下指紋的形狀。
3. 在手腕動脈處噴上香水，穿上你的外套。
4. 「聊天室將被刪除，確認繼續嗎？」
5. 確認。

輯三

# 一萬個日落之後

烏烏是一支炭筆，他不愛認識新朋友，最討厭自我介紹。

「黑色是最無聊的顏色。」小學三年級上學第一天，烏烏在台上自我介紹時聽見台下的彩色筆們竊竊私語。

為了讓自己看起來有趣，他曾將自己塗上黃芥末，也曾浸泡在番茄醬裡睡過一天一夜，可是一碰到水就會變回黑色，他為自己無處不在的陰影感到抱歉，可是無論他怎麼努力都無法成為別人。

他喜歡整天待在不開燈的房間看兩遍一樣的電影，盡可能不讓別人發現他的影子，雖然漆黑得看不見世界的動靜、看不見時鐘，但他比任何人都能體會什麼是流逝。因為每當他開始行走，身體就會一點一點消失不見。

# 無解……

數過的羊都睡著了嗎？
B612 星球的玫瑰凋謝了嗎？
蝴蝶的標本是真的蝴蝶嗎？
葉子落下的時候樹會痛嗎？
人的記憶會比魚可靠嗎？
流星墜落的時候有聲音嗎？
海奧華星球有四季嗎？
夜晚的溜滑梯會寂寞嗎？
旋轉木馬會想念草原嗎？
有人送禮物給聖誕老人嗎？

傷心十年的眼淚有一加侖嗎？
我思量著那些不存在的答案，
並持續探索更多沒有答案的問題，
好讓我能沒有想念你的餘裕。

# 活著的目的

幾年來我無心於生活，不斷回望那個約定之地，耽溺於實現某段美好時光的想像，像在房間複製一座宇宙，貼上繁星、煙花、碩大月亮的壁紙，卻弄巧成拙，侷促的暗室僅僅成功臨摹了宇宙的真空，每每自噩夢中驚醒，我總感覺現實還延續著夢的窒息。

「你活著是為了什麼？」清晨六點十三分，主管在群組中分享一則企業成功人士的演講影片，開場白是這樣鏗鏘有力的問句，彷彿他擁有世界上最好的答案。

如果人事終有離散，如果存在的事物終會消隱，如果沒有要一輩子深愛或憎恨的人，那麼活著究竟是為了什麼？

我曾深信活著是為了等待，等待有天可以和你再說說話，再敞開雙手索取擁抱，湊近你，撒撒嬌，像沖泡一杯咖啡那樣簡單，可是日子好安靜，日月無聲地輪替，就好像那天永遠不會來到。

## 歸途⋯⋯

「死掉之後會去哪裡呢?」侄子問。

大概是那裡吧,我指了指雲的方向。

想像末日來臨時,鯨魚率先上岸,蝸牛紛紛離家,榕樹環狀地褪皮,地上的靈魂一個個都變成星星。也許到了那時候,只能各自做夜空裡的小白點了,但願我們能被連成同一個星座,宇宙那麼大,至少要能沿著星盤找到彼此吧。

# ……虱目魚先生

「美好的事情都是過去的事。」

——《腿》

是虱目魚先生陪我去看的電影。鄭子漢躺在手術台上等待告別右腿，麻醉生效前，醫生要他想想生命中美好的事。

我們都一樣，並不總是能在美好的最初理解美好，才讓失去趁虛而入。比起擁有，我們更善於體會喪失的過程，不知所措讓人想要抓緊，想要彌補，想要透過光辨識白紙上淺淺的字痕，重新憶起情書被擦拭前感人的字字句句。我曾等待過，像等待字跡重新奇蹟地顯現，徒勞的幾年，誤以為是命運對我的寬容，其實寬容是用衰老換取的，換我愛的人在遠方永恆地年輕著。

每個人都有過各式各樣的痛苦，有時舊的痛苦會重來一次，甚至三番兩次，有時新的痛苦會成為痛苦之最，所謂成長，並非行萬里路抵達新的風景，僅僅是變換焦距的過程，時間會讓人更加清楚地看見一個既存的事實——痛苦的無所不在。

虱目魚說他談過的兩場戀愛共計八年都是以被劈腿結尾，說故事時流暢地像發表一場演說，像是說給很多人聽過，換取命運對他的寬容。演說的結尾當然要說因為經歷過背叛於是懂得了什麼，儘管他懂得了的事情並非因為被背叛，但我沒有拆穿他。

他一定也察覺了，要不是愛，人是不會感到痛苦的，只是他不再願意承認自己曾深深愛著劈腿的混蛋。

## 切片

原來成長是學會忍耐，以柔軟對抗時間的強硬，要像塊牛排那樣沉默，在鐵板上過分熟透，任人切割，沾取不同口味的醬料，自卑帶酸，自憐帶鹹，送進時光機器咀嚼一番，再被吐到標註社會的回收桶裡，歲歲年年。第二十七年，膽量像洗過的羊毛衣變形萎縮，我幾乎想不起曾為了什麼勇敢過，奮力回想，也只見小時候沒有勇氣坐盪鞦韆的遺憾片段。

想知道自信的你是否也經歷了時間的蹂躪，是否也變得不再能大膽地使用巨大的詞彙呢？譬如世界、永恆。後來明白若要精準地談論一件事，得先學會切片。可是一塊豆腐切成兩半，會從六面變成十二面。你也會有這種感覺嗎？每當試著讓事情變得簡單，它就會變得更複雜。

說過無數次我愛你，卻現在才想起要問你，愛究竟是什麼？

## 少了我的日子有沒有不同

經常想著那些想過許多遍的事情，可能因為反覆用力，幾乎弄斷了細節。你記得每次我沐浴過後的浴室排水孔嗎？大概就像堵在上方的髮絲那樣糾纏，再拉扯也沒有痛的感覺了。

掉了尾巴的壁虎會感到疼痛嗎？我蹲在排水孔前思考。

拿起手機，我開始搜索，雲端的資訊詳細地解釋斷尾的機制與時機，介紹具備相似本能的物種，更多一點，像是壁虎的習性，壁虎的始祖和演化過程、壁虎的獵物與天敵，我找不到答案。

原來一個人在意著一件沒有人在意的事情是那麼孤單。

# 極度疼痛

今年的冷空氣似乎來得比較早，而我依然沒能掌握世界運作的速度，乃至外套的薄度。

午後陪3到士林附近看房子。

牆壁是水泥或隔板？水費含在房租裡嗎？電費如何計算？他小聲地問我有沒有聞到味道，我用差不多的音量回應，說大概是因為潮溼，記得帶除溼機來，你那麼容易過敏。

想起在宜蘭生活的那幾年，除溼機在冬天幾乎沒有停止運轉，水氣是那麼隱微，匯聚一盒才感覺存在。而我們同樣並不擅於覺察眼裡的。

昨夜旅館裡的黑色按鍵電話令我想起一九八五年蘇菲・卡爾（Sophie Calle）在新德里帝國飯店二六一房攝下的紅色電話。她的戀人透過話筒宣示了告別，於是那只電話成了他們的最後一幅風景。令她在意的是分離本身嗎？或只是難以置信告別會是這樣草率的。

# ……警告

「請小心月台間隙。」那麼窄的縫，還是那麼多人掉進去。

我應該給我們一些祝福的話，在終於結束了什麼的時刻。即使我再沒有機會參與過程的任何一瞬間。

我只能是傘，而不是替你撐傘的人，如果不能成為傘，我也應該做永遠飽和，永遠包容，永遠不落地的雲。

成為水就會令人困擾，這我知道。

我得提醒地上的人們小心。

「小心愛情。」

## 不適婚女子

J最近為了結婚的事煩惱，看見身邊的同事懷孕生孩子，更堅定和男友共組家庭的嚮往，現實的考量與之長期抗衡著。可於我而言，那樣的煩惱，竟隨著適婚年齡的逼近而逐漸遠離，飛向那瞇起眼睛也看不透澈的宇宙了。當她說希望可以趕快結婚生孩子否則就要老了的時候，我有點緊張。全班都在為五分鐘後的考試做準備，只有我一個人在課本後面架起漫畫，還不小心笑出聲音，大概是這種感覺吧。

# 罪與罰

二年級的侄子在作業〈我長大以後〉中提到想做警察，他希望能夠伸張正義，保護好人，讓犯錯的人都受到懲罰。我也是那樣認為的，我們理當為自己造成的傷害負責。

第二個冬天過去了，我一直希望我有機會彌補，關於曾對你做的一切，為了達到真正的公平，我試圖讓別人傷害我，以謊言、以忽視、以沉默，或是省略這些步驟在接近我之後永遠地離開我、令我難受，如此我便能感受你感受過的痛苦，然而我卻始終沒能成功地受苦。

心鬆軟得像海綿，封閉且遲鈍，像神經被抽離而留下許多孔洞，吸飽了眼淚，我又虛胖回最初的完好樣子。我也意外著自己的無欲，好似因為習慣某一場沒有終點的大雨，使得我願意永恆地遺忘世界晴朗的樣子。

除了你再沒有人能讓我感覺難受了。一直愛著一個人，或無法愛上任何人，哪一種比較寂寞呢？

後來我想到W的癌細胞、F的憂鬱症，N早逝的母親，以及3那聽著拿菜刀的父親說要殺死他的童年，這些受了懲罰的人，是否真的犯過相對應的錯呢？八歲的心靈也許還不必明白這世界從來沒有公平過。

門……

「哪有什麼辦法可以避免遺憾。」

似乎有點太直接了，J的眼神像受傷的小貓，卻也認同般地點了幾下頭。

那扇沒有被選擇的門佇立在她的房間角落，總有幾首退流行的歌曲和改不掉的口頭禪，不厭其煩地提醒她那扇門的存在，同時也嘲笑著錯過的無助靈魂：「望眼欲穿也無法得知其後究竟有什麼。」

直到我們開始滿足於眼前的一切。

半途而廢的小說架構，敷衍的潦草日記，勉強苟活的存款，差強人意的晚餐，或愛得太久的人，這些隱隱作痛的瑕疵，總讓人好奇如果當時選擇了別的那會是如何。可惜我們終究只能見到這個時空的結果，然後習慣生命的缺陷，接受身上的汙點也是皮膚的一部分，最終承認自己無法對抗時間，於是願意接受種種次等選擇後的次等後果。

當不再為門後的故事感到好奇，才是不遺憾的開始。

……難能

現在是清晨四點二十四分，
我想紀念今天，
我沒有夢見任何人。

……春分

見過幸福的反面，記得那些沒有明天的日子，於是明白這個春天的到來絕非時間推進的結果，不只是冬天結束了那麼簡單，而是孤獨的時間裡，我們各自努力所積攢的幸運換來的。

# 這天……

## 一月九日

如果生命裡還有一件事是重要的，大概是牢牢記得這一天。

一週前天氣預報就說了，這將是入冬以來最冷的一天，我們選擇相約在全台灣最冷的城市會面。直到見到你，我仍不明白為什麼會是你。假使每一場相遇都是各種選擇重重篩選的結果，那是哪些決定指引我們穿越人海，篤定地走向對方呢？或一切僅僅是巧合，像每個忘了帶傘的下雨天。

美術館裡，漆黑的展間放映著類似中學時生物課的教學影片，分裂、單細胞、無性生殖，腦中浮出了幾個積了厚厚灰塵的名詞，偌大的螢幕，深藍色的景象，你笑說感覺置身在深海裡。

也許是展間的位置離入口較遠，觀展的人不多，我們並肩坐在那裡，我小聲謹慎地說話，避免洩漏心意，時時安分自己的表情和動作，確認身體沒有出賣我。我們看著螢幕重複播放彷彿生物課教學錄影帶的節目許多次，維持相同的姿勢，像是擔心揚起塵埃那樣小心翼翼。我幾乎忘了時間正在流走，與你一起的時光以跟平時相同的流速運轉，但我從不覺得久。

經歷感情的劫難之後，我不曾再如此迫切地想了解一個人，同時希望他也一樣迫切地想了解我，我想這是心動，不會錯的。

這個午後，我們甘願被困在巨大的水族箱裡，交換彼此未能參與的過去，像是練習用一副全新的鰓呼吸，當外頭的人類討論著財富、理想、成就，我們已在這片陌生的海洋中尋獲了比那些事物更珍貴的東西，使得這一天不同於我生命中的每一天。

「I am thinking about marking this meet by a song.

A song that I’ll always remember the moment with you while I listen to it every time.」

——M

……剛好

還沒有跋山涉水披荊斬棘，怎麼你就來到我面前？至今我仍常懷疑幸福是不是真的如此輕易獲得，我還不夠努力，我的辛苦和你的美好不成正比。

天文學家堅信早期的宇宙是透過隨機的機率發展而來，如果永恆存在，那麼即使是很小機率的發生都必然發生。

謝謝這場相遇不偏不倚地發生在此時此地。

## 週末限定

自今天起，我們有兩個月的時間見不到面，不知怎麼的，我憂傷得像被遺棄的小孩。

和你走到北上的月台，盡可能和你相處多一點、再多一點。你走進車廂，我在車廂外，我們平行著，從六車走到八車，距離車子行駛還有兩分鐘的時間，我在手扶梯前等你回頭，但你沒有，你比我更確定離開並非分開，關於重逢，你深信不疑。

「I dream in the weekend
And I wake up on Monday
I close my eyes on Friday
Therefore I will meet you there」

——M

……有你的城市從不下雨

你許諾我攝氏二十度的晴天，和一朵雲。
讓我能直視你的笑臉，即使陽光刺眼。

# ……10000

二月二十日

一萬個日落無聲無息地被錯過了。

思量這二十七年的風景，遙想學生時期珍視的友誼，說會一輩子要好的至交，叛逆又自卑的中學時期，為容貌焦慮而瘦下十幾公斤，懵懂地認識愛情，從暗自喜歡到勇敢告白，第一次親吻到最後一次失戀，也曾發誓過要永遠深愛某個人，如今那人已是永遠的別人。

原來無論多麼犧牲地愛過，或被如何用心地愛過幾回，受歲月沖蝕後每張臉都是斑駁的記憶碎片，那雙以為會永恆烙印的眼睛，徒留隱約的輪廓和光影，漸漸遺失名姓、部首和讀音，即使我曾堅定地看著它們說我有多麼不想失去。

## 婚禮……

一個尋常的午後，空曠的草原，再走幾步就看得見海洋，小路的周圍長滿高過腰際的草，有枯萎的，有新生的。穿越叢生的春天，你的白色西裝黏上咸豐草的種子，樹枝勾破我的廉價白紗，我們攜手踩過黃花鋪成的長毯。你的右膝，還有我們赤裸的腳掌，披覆著土和泥沙。

你蹲下為我拍落趾間的土，風陣陣吹亂我們的頭髮，那會是第幾個春天？想必你的頭髮已經比我更長。鬆開腰間的蝴蝶結裝飾，我說別動，把你微卷的長髮紮成馬尾，它們會在陽光下閃耀和星星一樣的光芒。

那將是未經卜算的尋常午後，我們決定留下來一起生活，生活是油膩的碗盤，待洗的衣物，是吃膩附近的餐廳，嘗嘗新開的手搖飲料店，是緊握彼此的手行過斑馬線和狹窄的路肩，在週末的車陣裡動彈不得，是加班的夜晚相互等門，是颱風天的泡麵裡多打的一顆蛋。

沒有精算的良辰吉日，沒有鑽戒和金飾，沒有三層奶油蛋糕和炸湯圓，只屬於兩個靈魂的儀式，白色蝴蝶飛在周圍，幾隻蜜蜂，和沒有名字的飛蟲，陪我們見證愛的堅定和平庸。

噓……

為了幫助我更快地執行剪輯工作，M寫了一個程式工具給我，只要把數個音檔輸入進 Excel 中，就會魔法般地變出另一個音軌合併的檔案，其中各個音軌的噪音都被移除、聲音同步，且音量適宜，不會忽大忽小聲。

他撰寫程式的過程中我像好奇的孩子頻頻發問。

「降噪是怎麼弄的呢？」

他說他所見的聲音是大量的數字訊號，數字越大表示音量越大，而降低噪音便是藉由辨識篩選出低音量的訊號，將之修改為零，那麼聽起來就會是無聲的。

M懂得許多語言，客語、粵語、英文、日文、俄文，以及他平時工作使用的、我完全不理解的程式語言，但他卻是個話相當少的人。他的愛很安靜，相處時總是我說，他聽著，他並非對事物缺乏想法，而是說話謹慎，不像我，使用訊息傳話時總是錯字連連、頻頻修正，說出口的往往比想說的多。

「這樣妳就有多一點時間可以休息了。」

初識時總嘗試用耳朵捕捉他的心意，卻都一無所獲，也曾因此質疑愛的分量，事實上那安靜是巨量的「零訊號」加總而來，他的愛不用聲音傳遞，這是很後來我才知道的事。然後我想起小王子的話，也許真正重要的東西，不僅用眼睛看不見，用耳朵也是無法聽見的。

M，最近，我也開始練習沉默，像你一樣安靜聆聽內心，不去在意不重要的聲音，我試著在行走時不發出聲響，牙刷、馬克杯、書本，放下任何物體時，讓它們以最輕的姿態降落於每個表面。想至少在紛擾的日常裡，在這個爭奪著話語權的鼓譟世界裡留下一處靜謐，讓你能不費力地篩選、辨認我的位置，走向我、找到我、擁抱我。

## ……暫時

緊張、歉疚、不捨、焦慮，提離職像談分手，不知是氣候太險惡還是心太草莓，要在無數個自我懷疑的噩夢中驚醒，累計失去的睡眠兌換藥物，發揮極致的奴性，再讓能者多勞痛賞幾記耳光，把犧牲當付出，明明不愛吃又拚命拿派往自己臉上砸（很多鮮奶油那種），得要夠狼狽，才能畏縮地說出：「抱歉，我思考了很久，還是想暫時休息一下。」

「要不暫時分開一陣子吧。」原來所謂暫時，便是在傷害之前宣告不被傷害的機率的存在，以讓人更接受傷害一點的謊話。想起過去種種主動的道別，也是有意識地避而不談關鍵的字，偽善地說不要對方太受傷，其實是想讓自己好過一點。

## 南寮漁港

交錯的高架橋下方是一塊塊止方形的岩石，有水不斷地從石頭的縫隙流過，掀開安全帽的目鏡，我說好像去過那裡。M說不是，整條河流的岩石都長得一樣，但豆腐岩在另一個方向。橋上的風削弱了聲音，他必須要很大聲地說話，才能讓風帶走了的剩餘傳進我耳裡。

確實不一樣了，我怎麼可能沒發現呢。

兩年前，將一切歸還給他之前，我們清醒地度過最後一個夜晚，等待最後一個天亮，他就要送我搭乘早上八點半的火車。陽光從潔淨的落地窗通過，在磁磚地板上微微晃動，塵埃浮散四周，換洗衣物、夜用衛生棉、止痛藥，我收拾著滿地的傷心，將帶來的東西重新帶走，行李袋已塞不下更多。關於那些無法區分屬於誰的物品，我知道不會了，仍誇下海口說下次吧，下次再來拿。

不一樣了，的確不一樣了，車站的地板重新鋪過了，電梯損壞的樓層按鍵已被修復，校園裡盛開的木棉不留痕跡地凋謝過兩次，社區公告欄的租房廣告已經更新幾回，我對這片風景的印象已過時，儘管時時刻刻在遠方想念著此時此地的人，假想的生活軌跡與他真實經歷著的苦難或幸福終究無法在相同的維度上。

風打在臉上的感覺和以前一樣，城市的邊緣空氣像是摻了鹽巴，南寮的天空處處掛滿彩色的三角，搖搖晃晃，得要有足夠的風阻，配合風箏線的牽引，才能讓風箏穩定，不要落下。

說飛翔是不對的，自由自在是假象，風箏和人一樣，之所以能夠放心離開，是因為有所牽掛。

# ……一半

六月三十日

年初訂下的計畫完全沒有進展，持續買書裝飾書架，買了新的衣服，但沒有變得漂亮。

早起的念頭讓睡眠也成為一件耗神的事，前一晚信誓旦旦，夢醒之間又一再拒絕聆聽，想必鬧鐘也很累了。我們無一不害怕，害怕剩下的一半，只是這一半的複製。

## ……失敗者

「幸福感強的成功人士，居家環境往往十分乾淨整潔；而不幸的人們，通常生活在凌亂中。」在投資網站上閒晃，偶然看見的資訊令人喪志。

不同於M的房間，我的床鋪、梳妝台、磁磚地板乃至瑜珈墊，眼光所及任何平面幾乎都是凌亂的，散落著發票、賣場集點貼紙、帳單收據、吸管套，與風乾的團狀面紙。曾讀過許多網路文章以「創造力豐富」為邋遢的壞習慣開脫，倘若屬實，想必我是髒亂又缺乏想像力的例外，否則即使無法在思緒的濃霧中摸索繼續前行，也要本能地泅泳或飛翔，想方設法飛天遁地，而非倉皇逃跑。

離職倒數兩週，辦公室的座位重新分配，體貼的同事替休假缺席的我收拾櫃子裡的個人用品，整齊地收進袋子裡，像是替我打包好的行李。最後的手續，只剩下把少數重要的文件與備份硬碟交給新的同事，其餘因我存在而存在的，我即將帶著它們離開。實驗衣、馬克杯、室內拖鞋、半包綜合堅果、受潮生了斑點的維他命藥錠、即食沖泡濃湯，以及散落的包裝濾掛咖啡，它們以一種半途而廢的姿態橫屍在過大的紙箱裡，紙箱是昨天從全聯拿的。

「有沒有裝衛生紙的那種，我需要很大的。」

「妳要搬家喔？」熟識的店員問。

「不是啦，我要離職了。」

事實是我高估了時間的體積，紙箱裡空著大半，保溫瓶躺在裡頭，隨著我行走時的重心變換，在填不滿的那塊空白不停滾動。還以為日子真的像沙漏，而我得背著一袋袋沉甸甸的沙繼續前行，結果三年七個月所留下的不過是鍵盤上薄薄的塵埃，徵人公告已上線，很快地就要有新的指紋取代，時間如此輕巧，不如一粒沙的重量。

離職前的長假裡，我率先為自己貼上失業者的標籤，並期待著接下來為期一個月、一個夏天，甚至更長的遷徙。得知消息的朋友紛紛傳訊來關心。下一份工作找到了沒？接下來打算落腳何處？其中不乏溫柔的譴責，他們訝異著我在新冠肺炎疫情嚴峻時放棄穩定薪資和年終獎金的選擇。

我確實只打算了放棄，同時放棄設想放棄之後的事情，我想戴上一支沒有指針的錶開始一場沒有終點的流浪，但他們說這樣是不行的，是愚蠢的，我應該比他們的擔憂更理直氣壯，可我就連擺脫生理時鐘的束縛也做不到。清晨六點，看著鏡子我只看見泛油的粗大毛孔和黑眼圈，一個貨真價實的失敗者。

M，我想像世界上每個人都在同一條跑道上追趕時間，企圖在身體衰老之前抵達生命的意義，傑出的你肯定是領先的那群人吧，此刻我停下腳步，我們之間逐漸擴大的距離是否會導致真正的差距呢？我好抱歉，竟開始害怕你會看待我的失敗像世界那樣刻薄。如此接近勝利的你是否還有理解的眼睛能看穿我的恐懼呢？失敗的可怕在於不允許人失敗的生命規則。

# 四八高地

後來我經常獨自回到那片海岸，海拔四十八公尺的懸崖，遠遠地看浪反覆靠近又遠離，曖昧得讓人錯覺事物的存在真有永恆的可能，一如和你一起的時光，我總能暫時忽略生命的有限。

熟稔地穿越金屬圍籬與禁止進入的告示，抵達海岸還必須步行一段路，途中要穿越一條綠色的廊道，周圍爬滿心型的葉子，它們一到秋天就變得乾枯，蟲在上頭蛀許多小小的洞，只有在初生的夏季才是完整的。

初次看見時，便想著若能在下一個嶄新的夏日抵達海岸，得要摘一片給你，但仔細一想，倘若你在身邊，我大概不會注意到這些葉子。

## 自縛

最後一個在職的星期一了。未來仍是漆黑一片，像渾沌的宇宙充滿可能，只是可能與可能的排列組合太過龐雜，以致我無法想像下個星期一，或下下個星期一，它們將會是甜美或苦澀的，是安詳或危險的？面對自由該用什麼表情？像是草率地踏上一場命定的旅行，不敢停下腳步，卻也不知目的地在何處。我不斷思索著如何更有效率地運用即將到手的自由，因而感到非常不自由。

離你很遠的最近，我竟懷念起那段因你而壞的日子。彼時我懂得善待自己，允許心無限度地為逝物憂傷，放任靈魂凌虐身體，亦接受身體對靈魂的反擊，我不顧其他地只任性寵溺壞心情，但現在我似乎做不到絕對的自私了，快樂被擺在很後面，快樂的前面有理想、生活、工作，還有別人的期許，與他們的快樂。

S說三級警戒的生活像被困在某種結界裡，哪裡都不能去的感覺很窒息，然而空間的圍困對於將要離開職場的我而言，除了將電腦從咖啡廳搬至房間並沒有其他改變。遠方的病毒日新月異，疫苗的生產與分配尚在途中，城市的劃分如何銳利，似乎都是遙遠的消息。對於那些因為惦記而留在原地的，因為等待而頻頻回顧的人，也許連出發的念想都是奢侈的，更遑論真正的移動。

# 已知愛情

天氣晴朗，但我們知道烏雲總會來的，確知災難卻毫不畏懼的經驗你有嗎？我無限的勇敢是你給的。未知的事物太多了，儘管有些體會，也未必能有相對應的語言能夠描述，但關於愛是什麼，我想我已經可以回答。

## 離職日

從今天起，我不屬於任何地方了。

也許是因為疫情，或只是夏天將至，一切感覺還緊緊的不能鬆懈。離職前夕的長假裡，好幾次我從早晨冒煙的拿鐵，運動後額間涔涔的汗水，和母親為我料理的美味滷肉中看見一大片美好的風景，有草原、陽光、藍天、白雲、羊群，想靠近看清楚，一走近就撞上液晶螢幕。

也許真正的自由，只是刪掉平日早上七點的鬧鐘，然後做一個很長很長的夢，任性地拒絕醒來。

## 原子習慣

「培養習慣的第一步是設想你要成為怎樣的人。」

循著暢銷書籍的指示，我開始回想過去的種種困境，那些因為我是我而導致的難題。

徒勞的等待，遲遲不肯兌現的告別，我不想再是那樣的人了。我應該更謹慎地使用陽光，更有效率地珍惜夏天，我要在晴朗的七月，坐上清晨第一班列車去北方，見想見的人。

我想成為一個懂得愛的人。

## ……超人

當我感到辛苦，疲於應對噩夢與失去的睡眠，你總是眉頭緊皺，輕撫我的頭髮，一種溫柔安靜的疾呼，像是在說：「無論世界如何對待你，都絕對不要放棄傾訴。」

# 三級警戒

七月二十二日

颱風的名字是烟花，今夜適合盛放。

烟花正沿著預測的路徑前來，清晨的雨打在屋簷，把我們從夢境喚回現實，我拖行尚未清醒的身體走到窗前，伸手把窗闔上，把風雨困在外頭，不知道為什麼竟覺得有點感動，像是終於擁有了拒絕被傷害的權利。泡一杯淡淡的冰茶，蜷曲的茶葉是否完全地舒展開來，是我最需要在意的事情。

正式告別工作的隔天，感覺卸下了肩上的負重，畫妥妝容，踏著輕緩的步伐到月台，乘著早晨的火車前往你的所在。疫情還未真正過去，居家上班制度仍持續著，我們各自占據著桌子的兩端，聽雨撞擊玻璃窗，假裝是浪打在岸上，工作的空檔，思緒停泊在八月的海岸，我們對陽光和長浪有近乎相同的想像，鼻腔充滿防曬乳的味道。

這個夏天，我不再惦記虛度的清晨，不再想保留日落，不在意灰飛煙滅的當年，和屍骨無存的昨天，星星慢慢衰老，季節正在凋零，晴朗的日子還遙遠，末日即在眼前，但我忘了恐懼，只因為你在旁邊。

這一刻，我們美好得像保留了一切，僅僅失去時間。

## 壞掉的玩具

離開待了三年七個月的職場，像是從神的手中接下一張地圖和一只圖釘，祂溫柔地探問：「好了，接下來妳想去哪裡呢？」

儘管已策劃許久，仍覺得告別太突然，甚至開始懷念那些我曾急欲擺脫的體制與規則。習慣通勤車廂的圍困、每月固定匯入帳戶的食糧，習慣每日和待辦清單的紙上搏鬥，卻對突如其來的自由不知所措。終於擁有權利決定旅行，卻對啟程毫無概念，行囊該收進什麼？馬克杯、粉蠟筆，還是只讀一半的小說？

這讓我想起《跳舞的熊》，那些在遙遠的東歐，被人類的貪婪所禁錮，訓練有素地舞蹈、雜耍，卻忘了如何覓食、狩獵、奔跑和冬眠的大布偶，此刻我的焦慮無異於牠們終於拿下鼻環、遠離牢籠，重回森林卻尋不回野性的慌張失落。

終於結束所有行政的手續，和同事道了再見，以為緊接著而來的是放鬆的午茶，軟綿的沙發上將躺著我毫無病痛的肉身。然而引人嚮往的自由卻是這樣令人失望，在後來幾個因生理尚未適應而起得過早的清晨，我都像失去發條的老舊玩具，癱在床上動彈不得，很遺憾地，牽制的消失並沒有讓人更加理解活著是什麼意思，斷了線的傀儡還有什麼用處呢？

這個午後，需要咖啡因解決的困境已不復存在，可舊時光像隻怪手，揪著我靈魂的脖頸，將我甩落到公司附近的超商，一如往常地，我點了一杯中杯冰拿鐵不加糖。

## ……藍色

星期一的藍色和冰島國旗上的不同。

生活是缺乏浪漫和想像力的勞動工作，儘管我們擁有星期六，但每一口酒所帶來的歡愉都只是旅行，我們從未因為見過巴黎，而使得一切變得更加法國。遠行之後我們仍要折返，回到最想擺脫的原點，品嘗日子乏味的重複。

## ⋯⋯痕跡

「會不會還有機會，再聽見你說你也想著我呢。」

——Uranus〈痕跡〉

聽著歌的時候，總感覺你還在初遇的騎樓下，一樣的墨綠色襯衫，一樣的嗓音永遠年輕著。

在心裡盤算好了，再過幾個月，我將要遠離海洋過城市的生活，暫且忘記我想像的二十八歲，實現別人想像的二十八歲，一切都不值得期待，我已準備好習慣一個人晚餐，搬進簡陋的單人套房，不需要餐桌和沙發，只要有一扇向陽的窗。我僅有的幽默感將用來抵銷生命的苦難，我會失眠、發胖、變成膽小嚴肅孤僻又無聊的人。但十分慶幸，無論去到哪裡，都能把你的歌不動聲色地複製、打包進行李中。火車行進的時候，搭乘手扶梯的時候，等候晚餐外帶叫號的時候，打開包包尋找悠遊卡的時候，我能在無數微小的時刻藉著熟悉的聲線，想起生命中確確實實有過的幸福。

謝謝。

## ……天使來過

上週某個凌晨收到通知，徵求的二手書終於有人願意出售，便馬上下訂了《用走的去跳舞》，二〇一五年七月出版，它絕版在我認識它之前。

「被丟下的，不見得是留下的那一個。」第二十四頁第一段的最後一句用黃色的蠟筆畫上了線，一如天使隱微的安慰，祂伸出手輕輕搓揉我的頭髮，偶有這種微妙的巧合，讓我相信世界還是好的，像我還未被丟下時那麼好。

## 持存

七月已來到最後一天，各地的沙灘仍完好無缺，從五月中進入三級警戒至今，還沒有踩過新的腳印，夏天像是在另一個時空痴痴地等，等待著有朝一日被看海的戀人耗損。

希望你不要介意，關於我故意忽略你的訊息和來電，我想八百多個日子的沉默以後，我們又能再次凝視彼此甚至流下眼淚，正是因為距離，保持拒絕觸碰、試探和多餘的揣想，回憶的樣貌才得以在心中維持完整，沙灘是，海洋是，我們也是。

## ……之間

那些來電，與未接來電，讓舊的暱稱在每個凌晨回到通訊軟體置頂的欄位，當我輕撫他殘破的心靈，總在他脆弱的皮膚上看見當年同樣脆弱的自己。如今的完好是二〇一九年的我不敢設想的，我不記得我是如何虛度那些時間，幾次想釐清痊癒的航線，回首卻仍見相同的黑暗，若再重來一次，我其實沒有把握能夠安然地捱過那些年。

聽他重述故事的過程並不如我表現的那樣淡然。

當我終於聽見他親口說愛上了別人的事實，告別似乎才真正開始。遲到兩年的領悟，像是打開陳舊的隨身聽，再次確認它壞得澈底，像是穿上青春期的牛仔褲，再次驗證它的不合身，聽他在嶄新的關係中如何愛著，故事形成一條條線索，和我的傷慟在相異時空中精準比對，我終於願意相信背叛是真的，率先離開是對的，可是我竟為這個決定是否絕對正確，為我無法重新信任他而懊惱了好幾年。

儘管他常撥電話來，我仍不確定他需要我，我不相信錯過的前戀人還能給彼此什麼，好久以前，我便給出了全部，但我終究輕易地被取代了。他的出現讓久遠的傷口隱隱作痛，但我心裡明確地感覺我正在好起來，像重感冒後的清晨，鼻塞多日後終於能大口深呼吸，對那人的執著是久纏的病痛，虛耗的時光已遠遠超出我該付出的代價，沒什麼好遺憾的了。

意外地，我並不為我們之間曖昧的需索而困擾，也許是因為終於釐清錯過的脈絡，因此踏實地接受了錯過，讓遙遠的聲音得以透過微弱的網路訊號實踐純粹的陪伴。那非愛，也非不愛，介於一種很中間的狀態，像是在清醒與睡眠之間，夢與不夢之間，記得與遺忘之間，離開與離不開之間，具體大概像霍爾的祕密花園，像《真愛每一天》中 Tim 用來穿越時空的衣櫃。

F，如果你再問我一次愛是什麼，我會說，是我們允許對方在心中保留一扇木門，門後是一條小徑，通往那個什麼也不是的空地。那裡有某一個晚上，你替我準備的溫熱的紅豆湯圓，有某一個早晨，我為你煎的失敗的起司蛋餅，還有幾部令人失望的電影，幾張永遠令我們回味的舊唱片，所有清晰與模糊的記憶片段都在那裡，包括那些懊悔和爭執也是。

待業的最近，置頂的你的名字時刻提醒著我，走去看看它們吧，輕輕擦拭灰塵，像想念那樣輕，再沉沉地放下，像說再見時那樣堅定。

## ……自私練習

生命中遇過幾個人，來不及成為誰，還沒有稱謂，就永遠地消失了，只是短暫地掠過像一陣風，把我心裡的某一扇門關上，付出與接受的交流於是停止，只留幾扇小小的窗，讓越來越少的愛，只能分給很少的人。

慌亂結束了幾段關係後，生活的煩惱停留在關於付出是否能夠獲得相對應的報酬，畢竟失去不只是失去而已，還有隨之而來的種種懲罰，比方Deca joins不能再聽了，義大利麵不能是青醬口味的。

我和3聊著關於心意被浪費的擔憂，他說我變得自私了。也許是理解了真心應當是交易，而非假裝高尚的別無所求。

「妳學會意識失衡的危險了，妳懂得避免被傷心了，妳已經不再是放任自己受苦卻捨不得別人受傷的人了。」

# 慢老

夢中我經常回到初次見面的炎熱盆地，回到那個千里奔赴只為了見誰一面的年紀。

我持著單程火車票抵達你的所在，面對差勁的方向感，和偶爾失靈的網路，我只能反覆背誦地圖：「信義安和站五號出口右轉，會先看到一家藥妝店、經過三家銀行，接著會看到郵局，在郵局旁的騎樓下等。」終於趕上你短暫十分鐘的工作空檔。

我懷念當時，但不僅僅是懷念你。

後來這幾年，生活已鮮有那樣明確的動機和去向，工作忙碌也只是漫無目的地旋轉，我也和別人談理想、談目標，但其實我不確定脆弱會將我帶向何方。戀愛則變得很健康，我沒再為誰早起削蘋果、張羅晚餐，也不再有誰的消息能使我放棄睡眠了。

我已改變許多，但仍試圖保留一些舊的外貌，比如巧克力棕色的中長髮，旁分的劉海，金屬色細框眼鏡，和你為我挑選的黑色皮鞋，如果可以，我還希望能慢一點老，好讓多年後你經過我時能一眼認出我，不要再次錯過。

輯四

# 點燃胸口的引信

日日是一隻虎斑貓，她很確定，脆弱且不堪一擊的自己在二十六歲那場失敗的戀情裡已經死了，接下來的生命是多得的。不知是幸或不幸，不知道的事她都交給顏色決定，就像她每天早上都依天秤座的幸運色判斷洋裝的花色那樣理所當然。

平時她都戴著兩支錶，但錶上的數字不代表地球上任何一個地方的時間。每當她感覺快樂、平靜、興奮、滿足，紅色的錶會開始轉動，而當她感覺失望、憂傷、自卑、恐懼、焦慮，紅色的錶會停下來，藍色的錶便開始轉動，時光如此交替運轉著。她在每天午夜十二點將錶歸零，並在牆上記下那天領先的顏色。

她對生命承諾，倘若往後一千個日子中，藍色的日子多於紅色，那她就要買下鎮上所有的氣球，飄到最高最遠的地方。最後也許會墜落雨林被蟒蛇吞掉，或是掉進海裡成為鯊魚的食物，圓滿結束她早就應該結束的生命。

自她死去那一天至今，她度過了兩百九十八個紅色的日子，與三百零一個藍色的日子。

## 我不知道的事……

我尚未明白自己仍愛你，
如同不明白有天我將不再愛你。

# ⋯⋯三個人的慶典

我們在彼此最喜愛的季節出生，血液裡流著相鄰的星座，等待一個關於距離的答案，與一個尚未形成的關於時間的問題。

想要像星星那樣永恆，做愛人期待每個日落的原因，卻只在夜空絢爛幾秒鐘，像朵陪襯的廉價煙花，最後的最後，終於敢點燃胸口的引信，也是因為確定他有在看。

每當血液裡的眼淚濃過酒精，他就會打給我，比我們相愛時說更多的話，每句過分認真、遲疑、懊悔或歉意的情話，都乾燥成粗糙的柏油路面，崎嶇的退路，像研擬一個草率的B計畫。就當是最後一次了，我甘願做那行棄之可惜的電話號碼，漂亮地盛放後，用靈魂的灰燼把前路鋪平。

「去見你最想見的那個人吧。」

## ⋯⋯姍姍來遲的原諒

五月十九日，你回來了。

你用牽過我的右手，輕輕推開那扇我頻頻回顧的門，第一句是問候，第二句是坦白，接著換我，我說沒關係，都過那麼久了，若分離之際有什麼介懷的，也早就原諒了。

經過了八個季節，你的生命來到二十三歲，生命沿著時間巨大的軌道前進，無情地、規律地膨脹著。無奈我們仍維持著四個夏天的距離，誰也沒有更靠近誰一點，顯得我們過去的認真有點可笑，關於我們曾共同努力對抗規則，想提前成為一個大人，或試圖延遲純真的衰敗，讓愛能不要沉墜，結果都是那麼失敗。也許令人感動，是來自我們早知道沒有勝算，仍冒著傷心的風險去到現場，見證一切偏離我們想像的後果發生，包含那場盛大的告別。

「二十七歲是什麼感覺？」你問。

二十七歲，是懷念某個意味深長的笑臉，某段耐人尋味的詩句，某場未看的電影，某個落空的等待，是厭倦了喪失和把握，是束手無策，是想起如何永遠地錯過一個拒絕分離的機會。

「二十七歲，是遺憾的事情越來越多卻無計可施的感覺。」

## 散戲……

我已不再掙扎了，關於最好的事物不會再重來的事實。我已不再試著尋找同樣的敏感性格或木質氣味，不再費心想要與誰複製我們擁有過的時間，並接受了不可逆便是它珍稀的原因之一。

重逢很可能是沒有用的，命運的劇本裡我們只被安排相愛一次。

# 你們……

你只在受酒精支配的深夜打來，大部分的通話時間被你微弱的哭聲填滿，其餘的空白，你複誦著我們曾經的要好與後來的歉疚，關於我記得你點餐的喜好與禁忌，關於我不厭其煩地寄信給你儘管沒有回音，關於我近乎浪擲生命地換取等待，以及後來我對你的失望，擴及對人性失望，或頹靡或落魄，你其實都知情。每一夜，我聽著電話那頭熟悉的聲音，混和陌生的鼻音哽咽著，笑著感謝，哭著抱歉，像是一杯又一杯用謝意和歉意攪和成的烈酒，你懺悔地一飲而盡。

你說失去音訊的兩年，快樂一直很遙遠，置身在愛情關係中卻感受不到幸福，首先你懷疑是自己的感受失靈，後來懷疑是溝通出問題，最後才偶然在對方手機裡覺察難堪的答案，你嘗試理解背叛的動機，方法是捫心朝胸口深掘，你企圖毀壞記憶，睡著時夢境替你竄改，你分不清虛實，以為她仍是你兩年前愛上的單純女孩。你說不該讓我聽這些的，我得不斷地說沒關係、我不介意、我願意聽，才間歇緩解你的遲疑。

電話裡你語帶抱歉地描述與她的故事，時序乘載著陌生的你不斷跳轉，去年的煙火、夏天的畢業典禮、前年的聖誕節。故事來到今年三月，傷心過後，你嘗試扭轉和延續故事的結尾，可是信任的重建沒有想像中順利，她的不誠實將你推向深淵的底部，你躺在床上，無法清醒亦無法真正地放鬆。你無止境地哭泣，儘管知道哭沒有用，像有朵烏雲死纏爛打跟隨著你，崩潰、匯流、凝結，等待下一次的潰堤。

於是你開始求助藥物，安眠的、抗焦慮的、抗憂鬱的，它們能鬆開繫在你腳踝上的記憶鉛塊，讓身體短暫地浮上海面，晒晒太陽，換換氣。可是藥效有限，傍晚六點，悔恨的故事如蟲洞，它們再度將你吸納至地獄，要你日復一日地感受同樣的心死。

我聽著未曾聽聞的哭聲，不願想像你此刻徒有軀體卻喪失靈魂的樣子。

## ……真正的陪伴

我希望我能克服雨水，即使立場單薄，至少要像件輕便雨衣，溼透了也堅持和你站在一起。

當你揚起手，我要撿拾你掉落的再見。
當你低頭，我會接住你眼眶溢出的寶石。
當你轉過身，我替你記得背面的風景。
當你行走，我要撥開雲層，點亮星星。
當你沉默，我會順著風的方向吶喊，模仿你的聲音說我愛你，聽起來就像我愛妳。

你那麼傷心，她不能不知道你有多麼愛她。

## ……孤獨症處方

「我們幾乎每兩週就見面一次。」約定過每一次的重逢間隔不超過十二天。

現在的我卻已無法感同身受當時對遠距離的擔憂。

深夜的電話中，偶爾我們會交換記憶，綴補彼此遺落的細節。

「後來你有沒有記得預約牙醫？」我驚訝著自己竟惦記著這件事，分離之際，你抽過神經的牙齒正戴著暫時的牙套，課業忙碌使看診的時間不斷延宕。

「妳的心臟後來檢查怎麼樣？」我幾乎忘了上一次檢查是為釐清什麼症狀，核磁共振的結果沒有提供任何線索，另外則是一如往常的心律不整，熟睡的五個小時裡心臟停止三次，顯示我的內在依然懶散。醫生開立一些幫助肌肉鬆弛的藥物，說少喝咖啡。聽聽就好。醫生透過學理精準分析了肉身的匱乏，但無法診斷心真正的需要。

## 萎縮的靈魂

「我們相遇在最好的時候。」你說。

「也是最壞的時候。」我附和。那是最令我羡妒的年紀，只因當時我們仍是不可撼動的我們。

我們都同意，那是源自純真（或無知）和信任（也可能是愚蠢）而願意為重要的人犧牲全部的年歲，只是太過年輕，所謂犧牲其實空乏，是以省吃儉用換取牛排大餐、海灘旅行，情人節和種種紀念的儀式，是勉強而來的奉獻，像棵樹等不及落下身上還未成熟的蘋果，不夠周到的付出其實脆弱，想給予的往往比實際擁有的更多，嗅到貧乏的氣味，現實的野獸伺機而動。

過了太久，太多感受的脈絡已模糊，究竟使我們疼痛的是什麼呢？也許是求職與求學二者生命階段的差異，是我獨自走進婦產科診間的恐懼，或是你購買交通票券後顯得單薄的皮夾。直至一日，我們忽然發現胸口已見骨，無法刨刮更多血肉以履行承諾，再真心的都變成虛構，最好的時候就這樣過去了。

我們也許誤會了生命的規則，長大，其實是靈魂隨著時間沖蝕而越來越小的過程，人會在懂得拒絕純真、謹慎信任後變得小氣。很高興二十五歲時我是那樣蒙昧而慷慨，以毫無保留的姿態遇見同樣毫無保留的你，並把擁有的全部都給了出去。

我們仍是我們的時光，是我生命裡的最輝煌，以前是，以後也是。

## 千分之一想念

每次又見你寫憂傷的詩，我總覺得抱歉，儘管我知道那是你愛的人造成的。我懷念我有義務讓你開心起來的時光，雖然我並不總是做得很好。

那時我所能做的，不過是打包一個紙箱的零食寄給你，點一杯特大杯冷萃咖啡給你，寫一首詩回應你對生命的詰問，分享一首慢歌緩解你在異鄉求學的寂寥，或只是隔著螢幕對你說，我很想念你。現在，我所能做的更少了，僅僅是在這裡留下一頁給你，而這些字遠不及我想對你說的千分之一。

讓你快樂，我一直惦記著這份責任，那是我想持續努力卻不得不放棄的事情，只希望她能善待我的捨得。

……預約明年夏天的海

西部乾渴的土壤終於盼到這天，五月的結尾是雨季的開始，一切都溼潤了起來，花瓣、土壤、傘面，和眼眶。無論昨夜又是怎樣的夢令你逃避睡眠，我已不再介懷夢境的內容與誰有關，只願藥物發揮它應有的作用，世界欠你的快樂理當償還予你，也許是下一個梅雨季，聽起來很遠，但總有一天。

# 夢的啟示

你說最近被重複的夢境困擾著，抗焦慮的藥物未發揮應有的作用，你在虛構的場域持續著令你恐懼的情節，背叛、分離、否認、冷漠、坦白等等，與現實如出一轍。我明白，同我過去夢見你那樣，有時你的現身太具象，模糊了虛幻與真實的距離，於是如何延續夢境和如何留住你的身體，變成了同一個問題。

在那些過度清醒的夜裡，我會開始思考被我棄置在上一個七月的問題，比方為什麼氣溫如此？為什麼雨水如此？為什麼後來你看向的遠方是那裡，而非這裡？會不會是因為我沒有搽閃閃發亮的指甲油？或是因為我沒有養紅貴賓，沒有讀過《尋羊冒險記》，還是因為眼尾的角度、聲線、骨架等等最初的身體設置錯誤，才讓我遺失延續夢境的資格？

說到激動處，你常抑制不住情緒地自省和懷疑，說你究竟做錯了什麼？或是你什麼也沒有做對過？聽著你絕望地對命運反覆詰問，我不明所以地自責。也許是因為想起了咪仔。

好友S曾不捨地將中途兩個月的貓送養，爾後發現主人不但沒有負起照顧的責任，還意圖將牠棄置公園，幸好有人發現，否則咪仔將會再次流浪。那時的S懊悔不已，除了自責以外似乎沒有更好的情緒出口。我會不會也太大意，以為尊重戀人的背影是愛最正確的表達，不曉得面對當年執意離開的你，是否放棄得太過輕易？

「你沒有做錯什麼。」你那麼多朋友，一定有許多人這樣和你說過，越多人說就越失去效用。無論我如何描述推證你的好，似乎都無法讓你的傷口癒合一分一毫。苦痛的形成其實像雨水，是自然的積累與釋放，它們能被世界完全地包容和接納，想讓你放心，卻不知如何表示我能感同身受她對你造成的傷痛，同時確保不要因此觸動你對我內疚。

「那些反覆出現在夢裡的不一定是啟示，它們只是你最想記得的，和最想忘記的事。」最後只是吐出幾句不著邊際的話，你大概也不在意我說什麼，畢竟在巨大的孤獨裡，語言一直是那麼無用。

……還不要張開眼睛

愛有時需要比相愛更長的時間才能證明。也許是兩年、十年，或是二十五歲的那一天，你會抵達盡頭，透澈你所追逐的事物的全貌，看清楚那些閃閃發亮的遺憾，究竟是陽光下的柔軟草皮，還是遍地玻璃。

## ⋯⋯成全的實踐

六月三十日

你說她要去法國了。她問再見一面嗎，八月十五日的飛機，你說你不確定該不該答應。

當遺憾成形，我才後知後覺不遺憾的方法，便是去見每個日夜夢裡出現的那個人，你是愛她的。

我永遠記取教訓。

「我就是因為膽小才失去你的，你不要和我一樣。」

## ……退冰的大象

「我覺得我再也遇不到像妳一樣好的人了。」

「我恐怕也不會再對一個人那麼好了。」

維持著陌生的日子裡，我時時盼望著我所珍惜的乃至我奮力擺脫的故事細節都能夠被你牢牢深記。於是當你提及當年我為你點的冷萃咖啡，鉅細靡遺地清點包裹中我曾為你挑選的餅乾和巧克力，以及我身上那只粉色玻璃瓶裝香水的前調與後調，我便明白，我曾向不知名的神所要求的事物已經奇蹟般地被滿足，我不該埋怨更多。

把長頸鹿放進冰箱裡，得要先取出大象才可以，我知道，人心和冰箱一樣窄狹。

那個在不同的時空令你傷心也令我傷心的選擇，到底是某種信仰，或直覺，也許是捲曲的金色長髮，是共同擁有村上春樹的小說做為話題，或那些你在酒後曾屢次提及的任性、機靈、脾氣、想像力等等，使你感覺遙遠又同時致命吸引著你的美好特質，是它們使你做了選擇。選擇就是取代，儘管你愧於承認，我踏實地明白選擇中沒有絲毫不得已。

當然，幾年前，年輕的心在被放棄之際是不明白這些的。

## ……塑膠花

每個人都以為自己將會愛上一個很好的人，一個全世界最好的人，但事實是愛了以後，好或不好便不再是問題，如同我愛著那些你愧於面對的瑕疵，因為愛你，於是比你更加清楚知道你看著她的時候是看著什麼。

是孩子仰望風箏，是候鳥眺望南方，是蝴蝶遇上春天第一朵盛開的花。

## ……失敗的占有

我甚至荒謬地要說服自己珍惜這份特殊的情感，給自己信心喊話，前戀人也能是稱職的旁觀者，前戀人也能做到無私的理解和抽離的安慰。

你的靠近一如既往地令我無措，好幾個夜晚我敵不過心軟，慌亂中深呼吸幾次，再若無其事地接起電話，聽你揮霍著無處安放的絮語，淘淘不絕，酒精使你富有膽量，卻也使你無力收束，而那些話語從來不是給我的訊息。

「我不願意把她想壞，有一部分的她還是很好，像我剛認識她的時候一樣好。」

「我也想去法國，實現一個擁抱就好。不過很遠，而且很貴。」

「我也說不出愛她哪裡，可能是神祕吧。」

「昨天夢見她了，我很久沒夢見她了。」

它們一句句重擊我的靈魂，而我多希望我真有實體的心臟能供以碎裂，如此你才能夠聽見，那個我們所處的世界彼此脫落的聲音。我多希望你也遺憾，也不捨，也因此對我說上幾句，懷念什麼的，糾結什麼的都好，但你口中那些甜蜜與悵然，始終沒有朝我而來。

## 漏接的雨水

我們都在被傷害之後懂得傷人原來是這麼一回事，並在不同的年紀各自為理解付出代價，我賠上了信任的眼睛，永恆地對人性失望；而你，也許是一本撕毀的日記本，一間不再消費的咖啡廳，或玄關角落成堆的空酒罐，和一對尼古丁浸潤的肺部。但我想此時此刻的你，儘管流著血也會勇往直前地接納更多子彈與刀槍，因為我們從未因為一個人好而愛上他，也就不會因為明白一個人的不好而不愛他。

自我們之中有人決定朝著界線之外的地方前行，信念生成的那一刻起，我們就不該再責備自己，也沒有理由對彼此寬容，剩餘的怨懟，就放在原地。我接受了世上有些心意生來便是多餘的，沒有人要的雨水，終會回到天空。

所以別再為你的憂傷和安慰的需索而道歉，也不需要以愛之名的藉口替另一個時空的錯誤辯駁，恨是真的，但原諒也是真的。如果我曾在電話中表現不耐，那只是因為我不喜歡你傷心得像是沒有人因為你的離開而傷心過。

## ……一人一半

「妳覺得一個人可以同時愛兩個人嗎？」

我想我若是你話中的其中一個，我會虛榮地希望自己是唯一的一個。

## 第一百零一種生活

想像過一百種你正實現著的幸福生活，沒想到後來你也受了一樣的傷，感受著掏空自己的後果。

常想著能為你做些什麼，可是我們已經陌生太久，我連辨識你的影子都沒有把握，思念讓原本纖細的你更加消瘦，輪廓更立體了一些，還長出了黑眼圈。當你靠近，我可能會遲疑，會傷心，會遺憾我忘了氣味，也不認得你的新鞋子。

如果能為你做些什麼，也許是分攤等待，等待傷害變得無足輕重，睡不著的時候，我會邀請你到被窩裡聽甜梅號，聽冰塊融化的細小的爆裂聲，聽風，聽貓撒嬌，一切就像二十五歲的夏天一樣美好，美好到忘記我們還在等待。

……

## 七月無夢

「妳覺得後悔嗎？」S問我，她全程參與三個夏天徒勞的等待，是她確保大雨中的我不要淋溼，替我發抖的身體蓋上被子，她知道我不要失望的結局是來自我沒有盡力。所以儘管不捨，她未曾勸說放棄。

「不會了。」

後悔，是那些有把握重來一次能做得更好的人奢侈的煩惱。

我熟悉故事的結局，早已做好準備，關於我等到了你，但仔細一看發現並不是你，我並不為此驚訝或失望。我其實感謝我們看似靠近實則背離的重逢，幸好它背離美好，我便再無藉口期待更好的重逢。

我想只愛一個人，然而就因為我所寄望的那人不是你，所以必須為此努力。

二〇二一年的某個星期二，我對自己說，若我能安穩地睡過一個七月
並且夢裡無你，我就要好好地面對一直愛著我的另一個人了。
我想我做到了。

## ……春天的謊言

命運仍舊是旋轉門，經過了永恆，你還會是堅信等待能換取一切的少年嗎？

我已認清時間的狡詐，永恆其實殘忍，我只能憾恨地看著重逢的機會來到眼前，再匆匆背馳。

希望你明白，強悍並非因為捨得。

## ……一萬公里

### 八月十五日

她離開了，也許此刻正在雲層裡熟睡著。

如果感到抱歉，請相信絕非你想的那樣，只是一個人離開，就要有另一個人被留下來。我想點一支菸給你，替未來的你，對你說沒關係，可是你還有千千萬萬個對不起。

# 輯五

# 闖越的膽量

海子是一朵怕高的雲，離地超過三公尺她便會感到焦慮、慌張、失眠甚至出現墜落的幻覺，所以她總是飛得低低的，穿梭在行道樹之間，捷運站的人潮之間，馬路的車陣之間。

所有去過的地方裡她最喜歡公園，落地後她才知道，原來世界上有一個地方只為快樂而存在，她期許自己也能做一朵讓別人快樂的雲。

每當遇見憂傷的靈魂，她就會跟著他回家，保護他不能再受更多傷的心。人群之前，她凝結他在眼眶打轉的水，不讓人察覺他悲傷；人群之後，她替他接住每一次潰堤，讓他放心去悲傷。當水蓄滿她的身體，她就飄到馬克杯上，落一場熱熱的雨給他，一次又一次飽和與釋放，直到憂傷的霧散去。

她希望長大之後，能把蒐集的眼淚落成一座海洋，讓傷心的人看看，他們的眼睛掀起的浪花是那麼漂亮。

## ……鑰匙

M：謝謝你從那麼遙遠的地方來。要不是春天抵達，我其實不敢想像冬天會真正結束。

還未與你熟識前，我幾乎放棄擁有形狀的權利，費心成為某個他人希望我成為的樣子，好像若沒有回應那些眼神，我就會忘記生命的意義。

是從那個海岸開始的嗎？在烏雲漸漸聚集的沙灘上，你拎著兩雙鞋，看我用枯枝作畫，我們赤腳感受海的溫柔和沙的輕軟，再拖著浸過水的褲管上岸，笑著鬧著，陽光在彼岸為相鄰的我們寫生，影子相倚像兩朵親暱的烏雲，謝謝是你，為我透明的生活描上了堅定的輪廓。

然而在那堅定黑色實線之內，我仍是懦弱的粉紅色，我沒有把握能萬無一失地收妥行李，閱讀指南針和星盤，或獨自決斷啟程和停留。有許多事是因為你我才能做到的，雖然你一定會辯駁，說那來自我個人的努力，但我清楚知道，就像要推開一扇厚重的門，徒有力氣是不夠的，還得要有鑰匙，而你就是那把鑰匙。

若起點並非海岸，那便是四月的那盞路燈下吧，你接過我的行李箱說：「我們回家吧。」於是原本冰涼的木地板有了地毯，鞋櫃沒有了空位，冷凍庫住進冰淇淋，雙人床開始擁擠，我在新牙刷的柔軟和新枕頭的蓬鬆中體會什麼是相依為命，並貪心地盤算著，在下一場流星雨中向你許願，希望你能不厭其煩地為我解開一道又一道生命課題的鎖，同我好奇門後有什麼。

不會讓你吃虧的。我賭上畢生的信用承諾，無論世界變得更好或更壞，我愛著你。

## ……枕頭

J：妳是最知道我有多壞的人，當別人誇讚我好，只有妳知道，不是那樣子的。

關於我內在的瑕疵，那些思想與性格的缺陷，我那麼害怕被世界拆穿，唯獨對妳坦白，妳是白色的，近乎透明的白，像雲做的枕頭，將我的犄角與坑洞溫柔包裹。

儘管時間的維度上我已遠離那些錯誤，但它們仍常以夢的姿態侵擾睡眠，而每當感覺靈魂要崩塌，總有妳為我分攤那些醜陋祕密的重量。

幸好各自最痛苦迷惘的生命片段沒有重疊，我們才有餘力攙扶彼此被酒精擊潰的身體。

星座和血型都指出我們如此不同，但性格裡卻有絕對相似的優柔寡斷。經歷了相似的抉擇，漫長的猶豫過後我們都做了最傷人的決定，決定之後我們同樣不夠堅定，無法控制地想找到某些變好的證據，以佐證決定的正確性。

妳表演從容的、自在的、孤獨且快樂的生活，因為與那人的告別必須要是對的，不允許後悔，一場相遇就占據各自生命容錯的極限，再兩年就要三十歲，沒有時間浪費，即使妳極度願意。

自私是長大的功課，無論他是否原諒妳，妳要原諒自己。

## 地圖⋯⋯

3：相遇至今已經十六年，初中，如此稀罕的年歲，很高興是和你一起在爭吵、嬉鬧、自我探索的泥淖中掙扎度過。家鄉的舊房間還堆放著當年的生日祝賀卡片，它們在我缺席的日夜生出泛黃的邊緣，可是你的純真一如既往，在我心中仍是近乎透明的澄淨。

這些年我仍倚靠失靈的方向感度日，遺失座標仍橫衝直撞，啟程都只是拒絕停下來而行走的行走，但你不一樣，你能輕易指認出北方，並親手繪製地圖，縝密而條理地計畫每一場旅行。我其實崇拜著你，這些年你在城市之間的闖越，勇敢得像是沒有明天，儘管你比任何人更加焦慮明天。

祝福你在接下來的長路中，一如往常地平靜從容，真心相信著意外的發生是好的，你的所獲將吻合你的投注與犧牲，那些你期盼遇見的，都正在路上了。

## ⋯⋯獅子

L：你知道你擁有令人羨慕的自信嗎？偶爾聽你談起生活的困境，你總能像旁觀者般理性洞悉，做出能力限度下最適切的決定，並放心將餘下的交給命運和時間，我說的是真正的交付，而非安慰式的喊話。只因你每次都用盡全力，所以無須懊悔，亦無須對他人的質疑生愧，你是許多人的模範，包含我，我一直渴望企及與你一般的勇敢。

但我同時憂心著你，擔心你太過強悍，忘了如何軟弱，擔心你不認得自己憂傷的時候，當世界傷害你，你的眼淚有沒有能夠安放的地方？寫這封信只是想對你說，我已準備好一座海洋的寬容，接納你的所有表情，往後無論遭遇什麼，記得這裡有一處能躲。

# ……外套

N：每當駛過台十一線上筆直的海岸公路，經過那條不知名的橋，越過花蓮溪時，我就想起生命裡第十七個夏天，我們初次離開花蓮市的那場遠行。

我的初戀和指考一起結束，戴著那人留下的安全帽，面罩裡是散不開的霧氣，我慌張地打電話給妳，像隻被棄置在公園卻還未學會流浪的貓。

彼時剛滿十八歲的妳率先考到機車駕照，我們騎著平時伴我們上學的腳踏車到車站，就近租了一輛時下流行的CUXI往台十一線駛去。

「風夠大眼淚就流不出來了。」妳說完猛轉油門，時速八十公里，那是腳踏車遠遠不及的速度，馳騁的幾分鐘裡，我感覺我們已不是從前的我們了，是個可以驕傲自信的大人了，可以主導生命旅程的大人。妳騎得越來越快，空氣挾帶著細沙刷過皮膚，以我們過去從未體驗過的風速，憂傷的獸就這樣被我們遠拋在後。

抵達鹽寮時已是傍晚，我們在高處望著市區一盞盞燈火亮起。我想著那個誰曾在某條路的街燈下吻過我，想著他的機車車燈如何為我照亮回家的小徑，想著那些補習下課後的散步，想著手機裡待刪除的巨量簡訊，想著我替他準備的雞精與巧克力糖，他也許並不真的需要。

十年過去了，儘管惦記著那連結失敗的臉孔好幾年，我仍在更多年後釋懷地愛上了別的名字。而我也漸漸理解了當初妳不厭其煩的安慰，妳說一切都會過去的，事實證明時光著實是強悍的洪水，能留下的東西很少很少，然而在那很少之中，與妳的要好便是其中一件。

謝謝妳總在冷的時候為我披上外套，在我還未感覺冷時，妳已準備好了一件在車廂裡，謝謝妳擔憂我比我自己更多。

此刻剛滿二十八歲的妳率先填滿了身分證的配偶欄，恭喜妳即將擁有不自由的快樂，我要練習不擔心妳，妳一定會是美麗堅毅而且溫柔的母親。

樹……

Q：「如果不愛上別人我就沒有辦法不愛你。」我對你仍感到抱歉，關於我能夠感同身受這句電影台詞的苦衷，有時我甚至希望你能恨我，但每當你又傳訊來關心，特別是花蓮反覆發生地震的那幾次，我就知道你仍是我所熟悉的那個善良的大男孩。

結束我們，是我做過最勇敢的決定。我不敢說那是好的決定，但知道你現在過得好，那就能說不是壞的。

大概是天秤座的原罪，我一直都不夠堅定，而為了證明放棄的決心，我不在任何人面前表現難過，或猶豫、後悔的表情，我時時告誡自己，若無法以交換戒指回應期待，就必須告終得無懈可擊。是不是令你很失望呢，那麼愛哭的我竟能夠一滴眼淚都不掉地理性表演。

臉書偶爾會跳出陌生人的婚紗照，提醒我，我曾為我們努力，追蹤的攝影師、婚紗工作室、新娘祕書、喜餅店、宴客餐廳，我一直惦記著那些只做了一半的功課。

嚴重失眠的狀況維持了幾個季節，直到你傳訊說你交了女朋友，是那個喜歡卡娜赫拉的女孩嗎？你問我怎麼知道的，因為那畫面太可愛了，你胸前的安全帶、衛生紙套、副駕駛座的抱枕，到處都是粉紅色的兔子玩偶。我覺得熟悉，那正是我所認識的，你愛人的方式，而你已經能無畏地把愛給予另一個人了。

這意味著我也能開始學習忽略愧疚，嘗試接受自己撒過的謊和毀棄的約定，原諒自己試圖維持各自的完整時，仍鑄下不可避免的衰敗。

謝謝你同我消耗的五年，我仍牢記並珍惜著那份想共同廝守的心意，你的慷慨會使你比我更加幸福。

鐘……

爸爸：雖然你的頭髮很少，但都是黑色的，偶爾看醫生大多是例行的健檢，定期拿慢性處方籤領藥，關於躺在病床上的唯一印象，是幾年前你為小腿靜脈曲張而動的手術。你應該能算是健康的，你每個週末下午到山裡健走，除了植牙療程後的晚餐，你食慾良好，以致我有時會忘了你正在變老。

三年前，我最接近婚姻的時刻，曾仔細計算過我們所剩不多的用餐時光，你在每週五晚間八點返家，週一清晨六點上台北工作，倒數五百二十個小時，每每收拾桌上的餐盤，就提醒了我正在耗損的時間。

我始終未能參透生命運作的機制，我的一半是你給的，但我得要把一半的生命託付給別人，這樣的人生進程被認可、複製，你也認為我該那樣做。你終要牽著我走過一半的紅毯，再將我的手交給另一個陌生的臉孔，所以我總是想像生命不會只經歷一次，這樣我就有機會彌補我少給你的。

## ……太陽

媽媽：大概是初中的叛逆後，我遺失了撒嬌的能力，故意不再用妳熟悉的語言，交談漸少，好幾個寒暑，我一回家就躲進房間裡講電話，和遠方的聲音交換最深的祕密，卻什麼也不告訴妳，讓妳只能從我上鎖的日記臆測我的日常與心思。我知情，可妳從未向我坦白，以致我沒有機會告訴妳，那些忿恨的控訴與告白，比如我曾期許能不要是妳的孩子，那並不是真心的。

彼時躁動的靈魂為捍衛自由的權利，在房間外設下一道道上鎖的門，關上所有燈光，禁絕任何探詢，只為不要妳的憂心介入其中，還未成熟的耳朵將關心視為以愛之名的控制，所以閃躲，所以抗拒。

然後是高中、大學，再隔幾年，我發現我已想不起兒時是如何不害臊地央求妳牽我的手入睡，二十八歲的語言，最親暱仍是極度隱晦的表達，為妳準備簡單的早餐，抹上妳喜愛的果醬，溫熱一杯雙份牛奶的咖啡，見冰箱少了豆漿和雞蛋，我就到超市添購補上。可我仍不知道該用怎樣的口吻才能適切地傳達我愛妳。

這幾年來，我自以為懂得愛，直到被愛傷透，見到了愛的反面，才明白幸福或美好都僅是愛的其中一個面向。名為愛的宇宙裡，除了發光的星體，更多的是不著邊際的黑。

謝謝妳在我的生命尚未開始時就率先愛我，不論我是否聰慧、乖巧、成功，都堅定地愛著我。

# 含笑花

給奶奶 林游阿菜女士

二〇一八年癌症死亡人數為四萬八千七百八十四人，根據死亡率排序，十大癌症依序為：1.肺癌、2.肝癌、3.直腸癌、4.乳癌、5.口腔癌、6.攝護腺癌、7.胃癌、8.胰臟癌、9.食道癌、10.子宮頸癌。

阿嬤不識字，只讀過小學，不過她離開時拿走了第八名。醫生說早一點是好的，否則胰臟癌到後期會十分痛苦。斷氣是因為肺部積了水，器官還未至衰竭的地步，我們圍在病床周圍，看著她用力呼吸，直到沒有力氣呼吸。

阿嬤：

逐擺鼻著炒菜瓜的氣味，就感覺妳離我足近，假那閣等一下，我就會聽著妳叫我食飯的聲。

妳會記得我佮意食啥物、無佮意食啥物，毋過我假那無了解妳，毋知影妳佮意啥色，毋知影妳的心願。妳佮意含笑的氣味，是爸爸佇咧廳頭佮我講的。

我細漢時無啥𨑨迌物仔，逐工下晡三點你會佮我鬥陣看巧虎，彼當時我的兩顆頭前喙齒落去矣，妳攏會咬開瓜子的殼，共瓜仁一片片對喙內吐出來，袋入齒線盒仔內底，我食了逐會講：「阿嬤我閣愛。」

我無想過我會遮呢仔稀罕彼寡我嘛捌有的平凡時陣。

**（翻譯年糕）**

阿嬤：

每次聞到炒絲瓜的味道，我就會感覺妳離我很近，似乎只要再等一下下，就可以聽見妳喚我吃飯的聲音。

妳記得我愛吃什麼、不愛吃什麼，可是我好像不了解妳，不知道妳喜歡的顏色，不知道妳的夢想。妳喜歡含笑的味道，是爸爸在神明廳前告訴我的。

我的童年沒有玩具，每天下午三點妳會陪我看可愛巧虎島，當時我的兩顆門牙掉了，妳都會咬開瓜子的殼，把瓜仁一片片從嘴裡吐出來，裝進牙線盒裡，我吃完了會說：「阿嬤我還要。」

我沒想過我會如此稀罕那些我擁有過的平凡時刻。

# 蝴蝶標本

給爺爺 林錫沁先生

冬天時，每當寒流過境，街道上就會見到藍白條紋相間的棚子，經過時偶爾聽見打擊樂器的聲響和經文的朗讀聲，小時候常被警告不要亂看，問媽媽為什麼，她都說不要看就對了，大人的話一直是這樣缺乏說服力。第一次看見棚子裡面是初中時，與班上一位女同學一同路過，我探頭進去，紅色的圓桌上有黃色的紙蓮花，一位老奶奶的照片，像教室裡的國父那樣框起來，懸掛在深處，旁邊插滿白色的桔梗。

「看的話會被抓走耶。」她嚴肅地說，一面加快腳步。

「那不小心看了怎麼辦？」我也跟上腳步，會被什麼給抓走呢？

「趕快閉氣，我姊姊說閉氣就不會被祂發現了。」來不及問，我們屏住呼吸，手拉著手走向下一個街區。

大學二年級，季節來到春夏交界，世界的溫暖與爺爺身體裡的壞細胞似乎都在掌握之中，美好的日子像暖陽蓄勢待發。為了慶祝出院，媽媽買了很多爺爺愛吃的食物，生魚片、叉燒肉和九層糕，因為高血壓和糖尿病的關係，這些都很久沒吃了。爺爺好開心，我已經很久沒有看見他開心。我問他好吃嗎，他微微笑著，提起孱弱的右手，叉起九層糕往嘴裡塞，動作有些顫抖。

原以為再回家是中秋假期了，卻提前好幾個月見到爺爺。他被裝進一個鐵盒子裡，盒子上開了一扇小小的窗，我們與他隔著起霧的玻璃，觀看時得先用毛巾把凝結的水氣擦乾，那面孔有些陌生，我懷疑那不是真正的爺爺，他的嘴唇塗上鮮紅色的口紅，上了粉讓皺紋更加明顯了。雖然已經好一陣子沒有晒太陽，但臉色也不該那麼蒼白的，我問他裡面是不是太冷了呢，爺爺沒有回答。

家門口搭起藍白條紋相間的棚子，像馬路上一個象徵禁忌的巨大水泥建築，我們在裡頭擁有獨立於世的時空，要經過的人繞道或屏息。在裡面，我們學習紙蓮花和金元寶的摺法，穿戴表示各自身分的服飾，米色的頭紗是孫女的意思。時辰一到，我們會模仿誦經師傅的節奏朗讀經文，我知道所有字的讀音，卻不明其義，我猜想爺爺也不會明白，貪愛甜食的他大概更想從馬路邊偷走一具肉身，從供桌上拾起九層糕，再滿足地吞下肚，可是他不能，我們所能做的只剩朗讀經文，且沒有人確定他是否真能聽見。

太陽下山時，師父叮嚀不能讓香火熄滅，亡者可能以昆蟲鳥獸的身形回家，若在夜裡就需要光的指引，於是我們協議讓孫輩輪流守靈。輪到我的那一夜，我整理著爺爺的照片，家裡的孩子太多了，得從右下角的日期辨別他手上抱著的是我還是哥哥姊姊們。過程中翻出一張我出世兩個月時的相片，我和爺爺的第一張合照，時隔二十四年，他如常開心地笑著，我哭著。就在那時，靈堂的桔梗上一隻白色的蝴蝶停靠，我沒有靠近，只是遠遠地凝視，試想一個人的靈魂要如何摺進那薄薄的蝶翼。

這個清明，刻有祖先名諱的木牌多了一張，鎖在玻璃盒裡供奉著。鬆開橡皮筋，打開九層糕的盒子，點燃一支香，我和爺爺說好久不見，我很想念他。

後記

# 無限懷念的時空

也許是來自對生命限制的理解，或是領悟與時間作對的徒勞，我決定遠離那些時間的標記，前往一個沒有狂戀、沒有憎恨，沒有遺棄和被遺棄的世界，神說通行的條件是獨白經歷餘下的生命，我說我願意。

那交易發生在一個模糊的季節，無雨無雲，不慍不火，極其普通的一天，我鬆開了與他交扣的浸淫汗水的指節，並非因為捨得，只是願意嘗試相信緣分，緣分的延續將確保我們形而上的同行，我清楚關係運作的規則，所以放心，沒有相愛過的人能做到真正的分離。

然後，我開始想像在愛情之外還有別的生活，甘心地走出房間。一個人經歷大雨的淋洗和豔陽的試探，理解潮溼與乾燥的極限。一個人學習全新的語言，培養與光的默契，學習睡眠和清醒的分界，不錯過任何一顆流星。一個人去持有關係，去承擔後果，去感覺各種選擇帶來的輕盈與沉重。一個人經歷同一種日常並反覆咀嚼昨日與今日微量的不同。放棄某個親暱的稱謂，以隻身闖越的風景取代某個令我瘋狂的臉孔來填滿生活。那生活涵蓋平庸的餐食，失望的旅行，俗氣的笑話和無聊的電影，這些日常段落不因為獨自經歷而不好，也不因為與某個人共同經歷的想像而更好，它們有著獨立的意義，意義不因快樂而膨脹，亦不因憂傷而萎縮。

我將聽著過去曾經深愛的歌曲，懷念在那個擁有彼此的時空之下，因為惦記著某個懸置的諾言而犧牲的純粹年歲，因為執拗於某個必然的癥結而捨棄的身分與機會，以及因為深愛著某個神祕的眼神而發燙的身體，還有因為那眼神的接近而劇烈搏動的心。

是愛竊走了我的勇氣，亦是愛賦予我膽量，儘管將會有更多時光頭也不回地流走，我仍能倚靠支離破碎的絮語做為指引，藉以想起那個耽溺憂傷的我，倔強乖張固守承諾的我，毫不畏懼衰老執著等候的我，以及掏空自我、狂戀而無法自拔的我，我將平靜地憶起自己曾是怎樣的人，而後來如何變得不是了。

記憶化作面紙或羽毛，有時是花瓣或信箋，一片片時光的標本，以雪的姿態輕輕飄落在心的廣場，我接住它們，輕輕擦拭，為之編目，刻上編碼，以相遇之日做為索引，歸入某個名字的抽屜。

我將無限懷念這些璀璨的片段，但僅僅懷念，不試圖僭越。

文字森林 READING FOREST 文字森林系列 026

# 周而復始的傷心

作　　者　渺渺
總 編 輯　何玉美
責任編輯　陳如翎
書籍設計　鄭婷之
內頁排版　theBAND · 變設計— Ada

出版發行　采實文化事業股份有限公司
行銷企劃　陳佩宜 · 黃于庭 · 蔡雨庭 · 陳豫萱 · 黃安汝
業務發行　張世明 · 林踏欣 · 林坤蓉 · 王貞玉 · 張惠屏 · 吳冠瑩
國際版權　王俐雯 · 林冠妤
印務採購　曾玉霞
會計行政　王雅蕙 · 李韶婉 · 簡佩鈺
法律顧問　第一國際法律事務所　余淑杏律師
電子信箱　acme@acmebook.com.tw
采實官網　http://www.acmebook.com.tw
采實臉書　http://www.facebook.com/acmebook01

I S B N　978-986-507-582-8
定　　價　360 元
初版一刷　2021 年 11 月
劃撥帳號　50148859
劃撥戶名　采實文化事業股份有限公司
104 台北市中山區南京東路二段 95 號 9 樓
電話：(02)2511-9798　傳真：(02)2571-3298

國家圖書館出版品預行編目資料

周而復始的傷心 / 渺渺著 . -- 初版 . – 台北市 :
采實文化事業股份有限公司 , 2021.11
面； 公分 . -- ( 文字森林系列 ; 26)
ISBN 978-986-507-582-8( 平裝 )
863.55　110016075

采實出版集團
ACME PUBLISHING GROUP

# 時光標本

A Specimen
of
Time

渺渺
文字・攝影

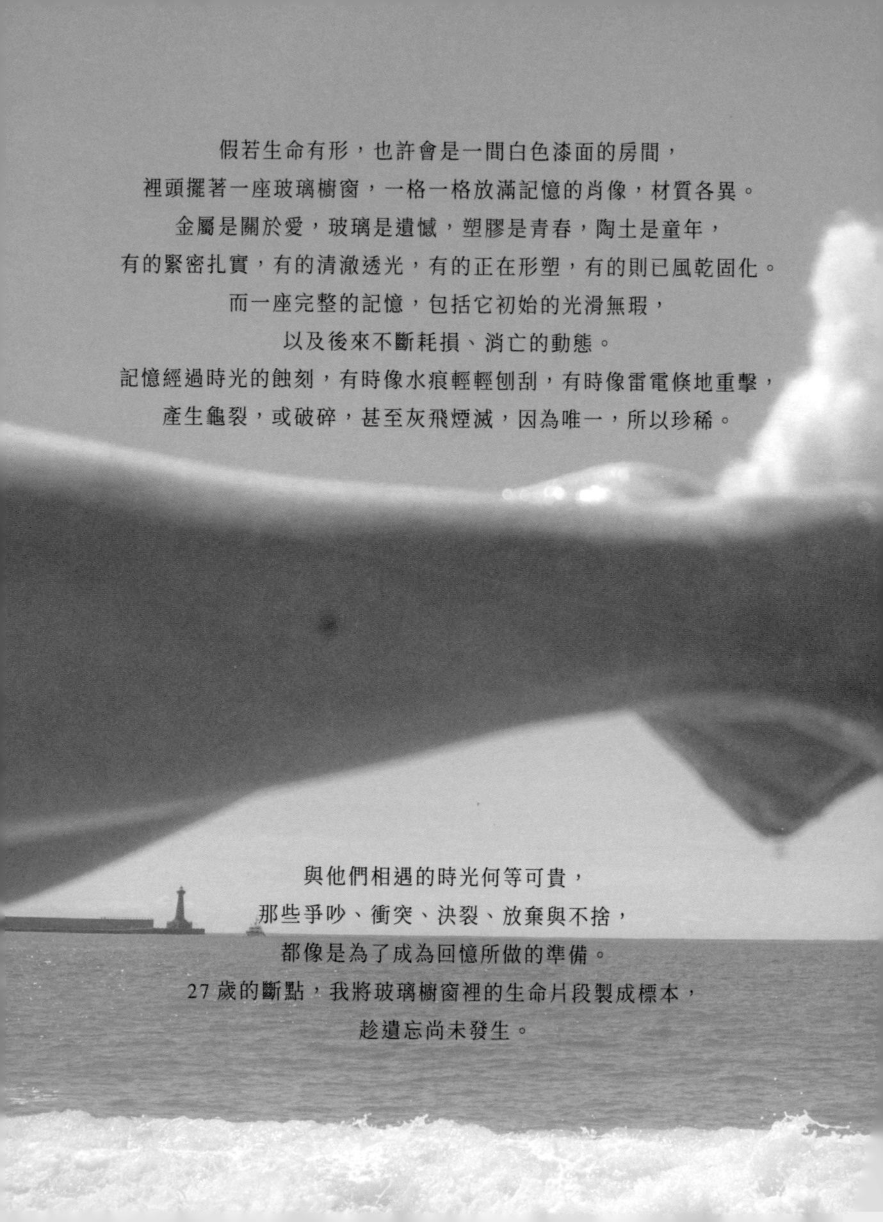

假若生命有形，也許會是一間白色漆面的房間，
裡頭擺著一座玻璃櫥窗，一格一格放滿記憶的肖像，材質各異。
金屬是關於愛，玻璃是遺憾，塑膠是青春，陶土是童年，
有的緊密扎實，有的清澈透光，有的正在形塑，有的則已風乾固化。
而一座完整的記憶，包括它初始的光滑無瑕，
以及後來不斷耗損、消亡的動態。
記憶經過時光的蝕刻，有時像水痕輕輕刨刮，有時像雷電倏地重擊，
產生龜裂，或破碎，甚至灰飛煙滅，因為唯一，所以珍稀。

與他們相遇的時光何等可貴，
那些爭吵、衝突、決裂、放棄與不捨，
都像是為了成為回憶所做的準備。
27 歲的斷點，我將玻璃櫥窗裡的生命片段製成標本，
趁遺忘尚未發生。

# 時光標本清單

*Specimen list*

*Specimen NO.01*

# 不能聽見的祕密

小魚曾是個聽覺敏銳的男孩，那時他還能聽見外界極度微弱的聲響。比如待在四樓的房間，他聽得見窗外的麻雀在電纜上跳躍，聽得見窗沿的螞蟻爬行，聽得見窗簾被風吹起、纖維相互摩擦的聲音，有時甚至會聽見天上的雲熱烈交談，可惜他不懂雲的語言。

多數時候敏感的耳朵其實令他困擾，
他常在夜裡被莫名的聲音喚醒，像是遠方流浪動物的啜泣，
和路燈疲憊的嘆息，他無法不聽見不想聽見的聲音，
尤其是那些壞的消息，
那些他不用知道的祕密。

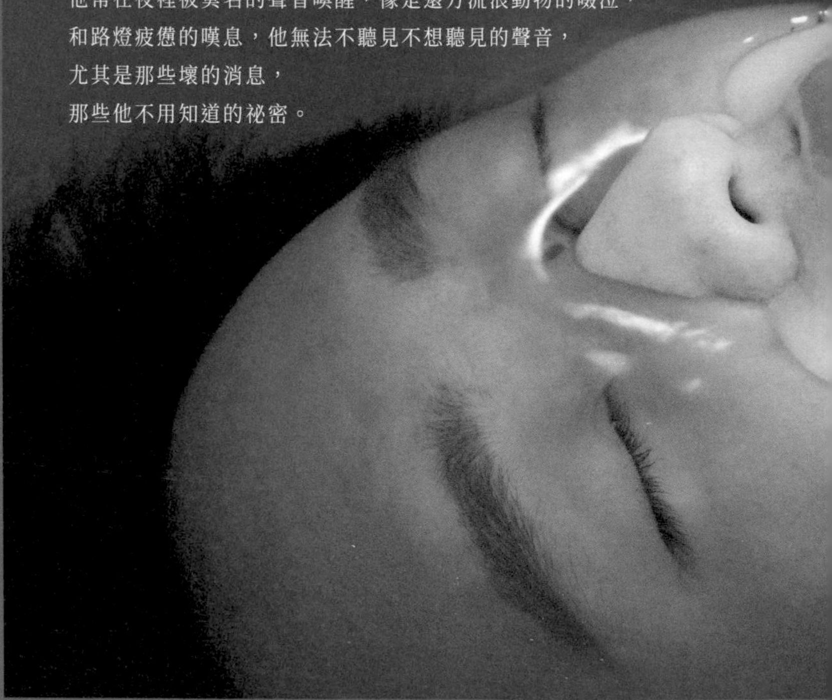

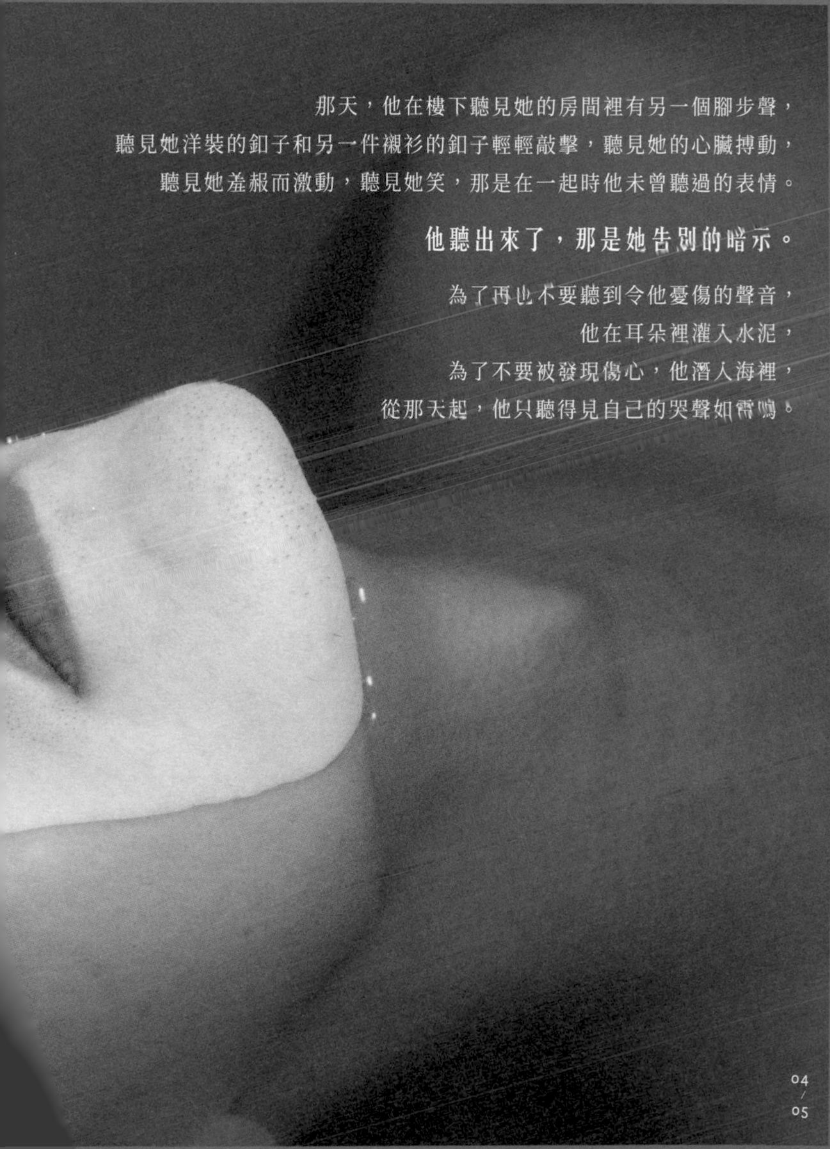

那天，他在樓下聽見她的房間裡有另一個腳步聲，
聽見她洋裝的釦子和另一件襯衫的釦子輕輕敲擊，聽見她的心臟搏動，
聽見她羞赧而激動，聽見她笑，那是在一起時他未曾聽過的表情。

**他聽出來了，那是她告別的暗示。**

為了再也不要聽到令他憂傷的聲音，
他在耳朵裡灌入水泥，
為了不要被發現傷心，他潛入海裡，
從那天起，他只聽得見自己的哭聲如雷鳴。

*Specimen NO.02*

# 美好已全數發生

小寒是一隻獨角獸，她不知道自己的生日，不過她猜測應該是射手座，因為她熱愛冬天和雪，所有節日裡她最喜歡聖誕節。

每到聖誕節，她會想起2018年那個勇敢的自己，當時的台北下著無止境的大雨，白天和夜晚沒有界線，儘管擔憂著天可能永遠不再亮了，眼看末日就像明天，但她毫不畏懼徒勞無功的等待。

別人都說她太樂觀，但她隱約知道快樂的眼睛並非與生俱來，是因為深愛過一個人，因此比起以後，她更珍惜以前，不知道這樣算不算真正的勇敢呢？

她的夢想是在獨角長得夠強壯的時候一個人去旅行，
用她撲滿裡的所有彈珠換一張到美國的機票。

**聽說那裡的聖誕樹**
**都是真的樹。**

*Specimen NO.03*

# 二手道別

帕帕是一隻大象。

他討厭最後一坨牙膏，討厭最後兩頁小說和第 36 張底片，討厭第 9 包感冒藥和第 20 根菸，討厭杯底最後一口咖啡，討厭安可曲，討厭再見，更討厭別人先對他說再見。他不喜歡原本應該持續發生的美好結束，無能為力讓他感覺總是被世界遺棄。

「結束是為了下一個更好的開始呀。」

媽媽在他 16 歲失戀時告訴他，

32 歲時他才終於理解不該相信媽媽。

他的工作是拾荒，每天晚上在星星落下之前，他會推著推車，
沿著酒吧街撿拾地上的空鋁罐，蒐集起來帶回家。
他也討厭太陽下山，他生氣連日光也不要他，為了平衡憂傷，
每到傍晚，他會用蜷曲的鼻子拾起一個鋁罐，像擁抱愛人那樣，
輕輕放到腳邊，然後重重地踩扁它。
唯有這時候，他感覺自己也成為能夠選擇，能夠捨棄，
能夠說「我已經不愛你了」的那種人。

*Specimen NO.04*

# 被愛的方法

日青是一把黃色的折傘，她不喜歡晴天，因為沒有人會看見她，她也不喜歡雨天，因為看見她的人並不是因為愛她而注意她，只是因為需要她。

她在圖書館外頭懸掛著，他們說她是愛心傘，需要的人都可以帶走，記得拿回來還就好，但她並不這麼想。

每當下雨，她會花 24 分鐘蒐集所有落到屋簷的雨水，唯有雨的重量超過一朵玫瑰時，她才會鬆開繫帶、舒展身體，成為某個陌生人暫時的庇護。

她認為慷慨是過譽的美德，
大家都喜歡稀少的東西，
傻瓜才大方地給愛，
唯有保持吝嗇，
付出才會被珍惜。

**「如果有一種正確愛人的方法，
那麼絕對不是竭盡所能地愛他，
我試過了。」**

2021 年 5 月 19 日，
她的日記裡這麼寫著。

*Specimen NO.05*

# 二分之一顆心

芬里是一隻5歲的楓葉鼠，老師對她很頭痛，因為除了數學課她都在打瞌睡，體育課時她也從不和大家一起玩球，她總會躲進四號樹洞裡。

她曾在書上看過，樹洞是樹已經痊癒的傷口，也許受過傷的人比較能懂痛的感覺吧，她想。她對樹說過很多話，樹從來沒有回答。

「你學過數學嗎？世上所有問題好像都能用數學算出答案。」

「我最討厭躲避球了，那會讓我想到爸爸，拿東西丟人有什麼好玩的？」

「我對媽媽的愛有 10 顆小熊軟糖那麼多，對爸爸也是。」

「最近學到除法，我寫完所有習題，還是不知道怎麼把僅有的一顆心平分給爸爸和媽媽。」

*Specimen NO.06*

# 成為自己的練習

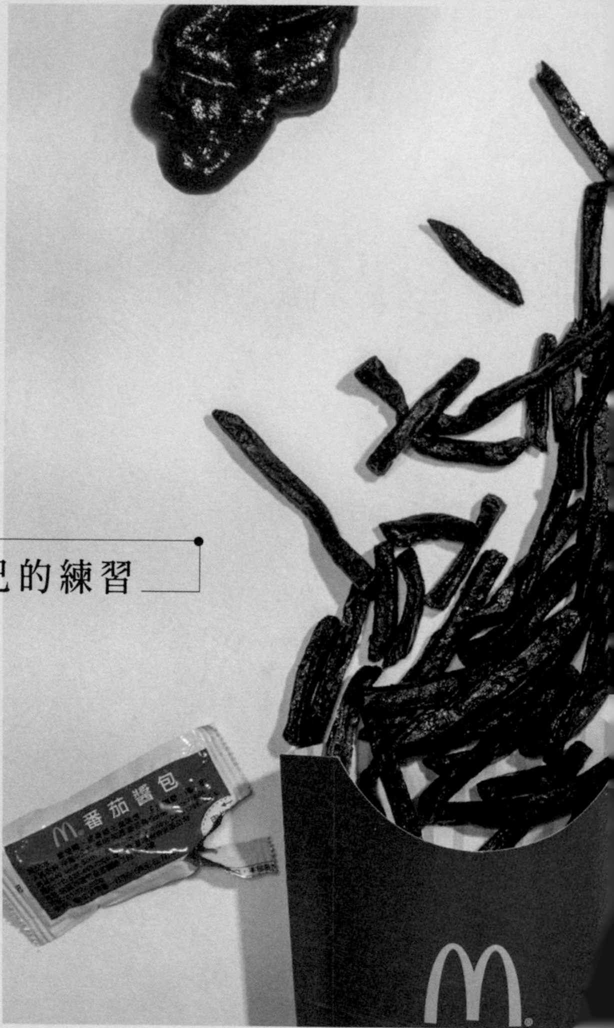

烏烏是一支炭筆，
他不愛認識新朋友，最討厭自我介紹。

「黑色是最無聊的顏色。」
小學三年級上學第一天，烏烏在台上自我介紹時聽見台下的彩色筆們竊竊私語。

為了讓自己看起來有趣，他曾將自己塗上黃芥末，也曾浸泡在番茄醬裡睡過一天一夜，可是一碰到水就會變回黑色，他為自己無處不在的陰影感到抱歉，可是無論他怎麼努力都無法成為別人。

他喜歡整天待在不開燈的房間看兩遍一樣的電影，盡可能不讓別人發現他的影子，雖然漆黑得看不見世界的動靜、看不見時鐘，但他比任何人都能體會什麼是流逝。因為每當他開始行走，身體就會一點一點消失不見。

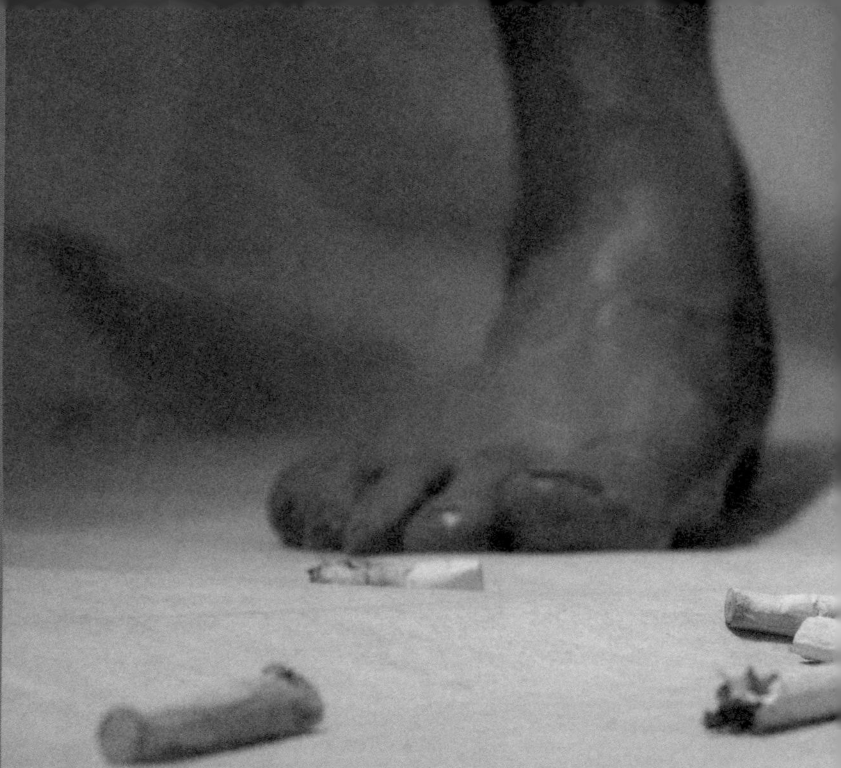

*Specimen NO.07*

# 夢的半途

阿夢是一把只有五根弦的吉他，沒有人看過他六根弦的樣子，包括他自己，他一直相信著殘缺的樣子是他原本的樣子。

最近校園裡流行在外掃區尋找四葉幸運草，顧名思義，擁有的人就會得到幸運。阿夢為了有更多時間尋找，每天都提早一個小時到學校，雖然他還不知道要拿幸運做什麼。

星期一的生物課上，老師說一般的黃花酢漿草（*Oxalis pes-caprae*）只有三片葉子，第四片葉子是來自基因的突變，發生的機率約是萬分之一。

「是很不容易的事喔。」老師說。

今天星期五了，阿夢依然沒有找到四葉幸運草，不過他開始相信五根弦的樣子是他最完整的樣子。

*Specimen NO.08*

# 50% 藍色的日子

日日是一隻虎斑貓，
她很確定，脆弱且不堪一擊的
自己在 26 歲那場失敗的戀情裡已經死了，
接下來的生命是多得的。

不知是幸或不幸，不知道的事她都交給顏色決定，就像她每天早上都依天秤座的幸運色判斷洋裝的花色那樣理所當然。
平時她都戴著兩支錶，但錶上的數字不代表地球上任何一個地方的時間。

每當她感覺快樂、平靜、興奮、滿足，紅色的錶會開始轉動，而當她感覺失望、憂傷、自卑、恐懼、焦慮，紅色的錶會停下來，藍色的錶便開始轉動，時光如此交替運轉著。她在每天午夜 12 點將錶歸零，並在牆上記下那天領先的顏色。

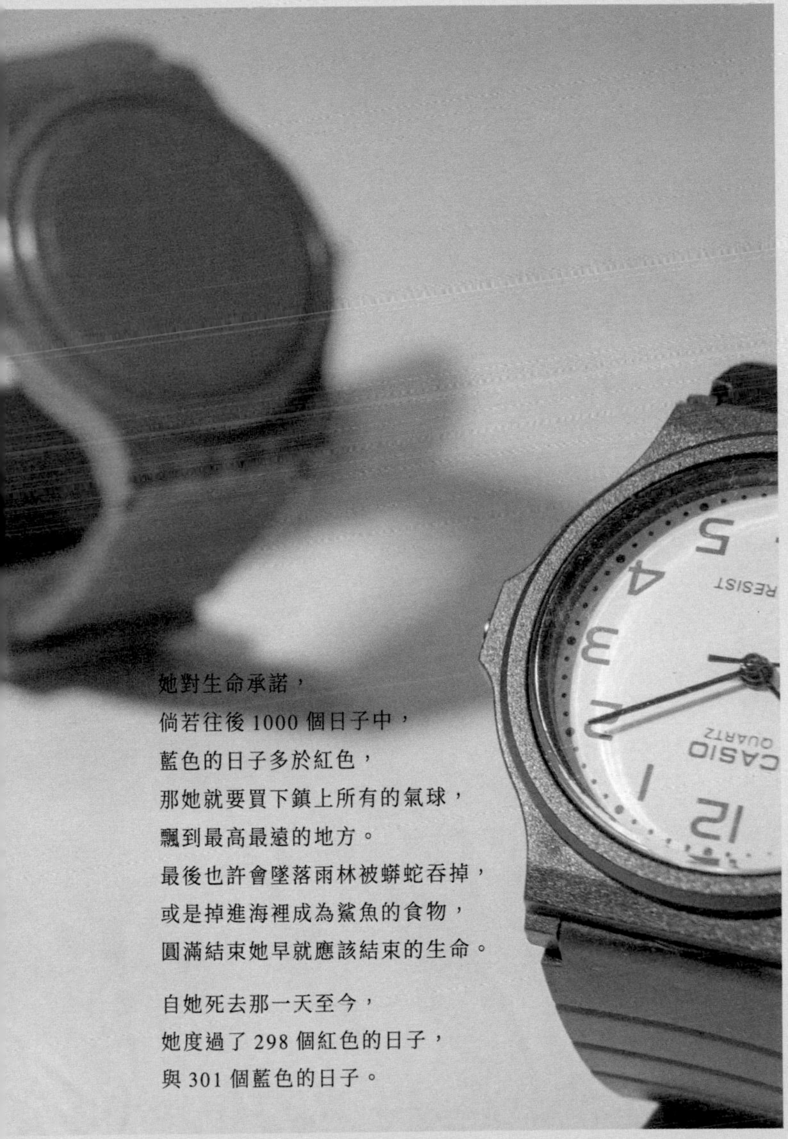


她對生命承諾，
倘若往後 1000 個日子中，
藍色的日子多於紅色，
那她就要買下鎮上所有的氣球，
飄到最高最遠的地方。
最後也許會墜落雨林被蟒蛇吞掉，
或是掉進海裡成為鯊魚的食物，
圓滿結束她早就應該結束的生命。

自她死去那一天至今，
她度過了 298 個紅色的日子，
與 301 個藍色的日子。

*Specimen NO.09*

# 一座海的形成

海子是一朵怕高的雲，離地超過 3 公尺她便會感到焦慮、慌張、
失眠甚至出現墜落的幻覺，所以她總是飛得低低的，
穿梭在行道樹之間，捷運站的人潮之間，馬路的車陣之間。
所有去過的地方裡她最喜歡公園，落地後她才知道，
原來世界上有一個地方只為快樂而存在，
她期許自己也能做一朵讓別人快樂的雲。

每當遇見憂傷的靈魂，她就會跟著他回家，
保護他不能再受更多傷的心。
人群之前，她凝結他在眼眶打轉的水，不讓人察覺他悲傷；
人群之後，她替他接住每一次潰堤，讓他放心去悲傷。

當水蓄滿她的身體，她就飄到馬克杯上，
落一場熱熱的雨給他，一次又一次飽和與釋放，
直到憂傷的霧散去。

她希望長大之後，能把蒐集的眼淚落成一座海洋，
讓傷心的人看看，他們的眼睛掀起的浪花是那麼漂亮。

# 後記——長信

原來那些如玻璃碎片般鑲著我心的，並非誰蓄意傷害留下的凶器。
它們只是童年的作業簿裡一枚寫錯的字，
是剩下半部遲遲未完結的夢想，是遊走在吉他弦上的硬繭，
是藏在嘴裡不斷消失的糖果，是很愛卻沒能留下的人，
而我為這些不捨守了一個長喪。

時間組成的名為我之物，剖開便是這些遺憾的膿瘡，
現在我要再次欣賞，凝視它們形成的歷史，
通透未來它們將如何反覆扎痛我的生命。

我要對它們說謝謝，謝謝教我愛，儘管我從未懂得。

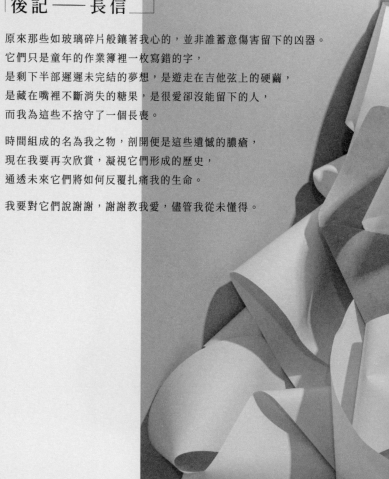

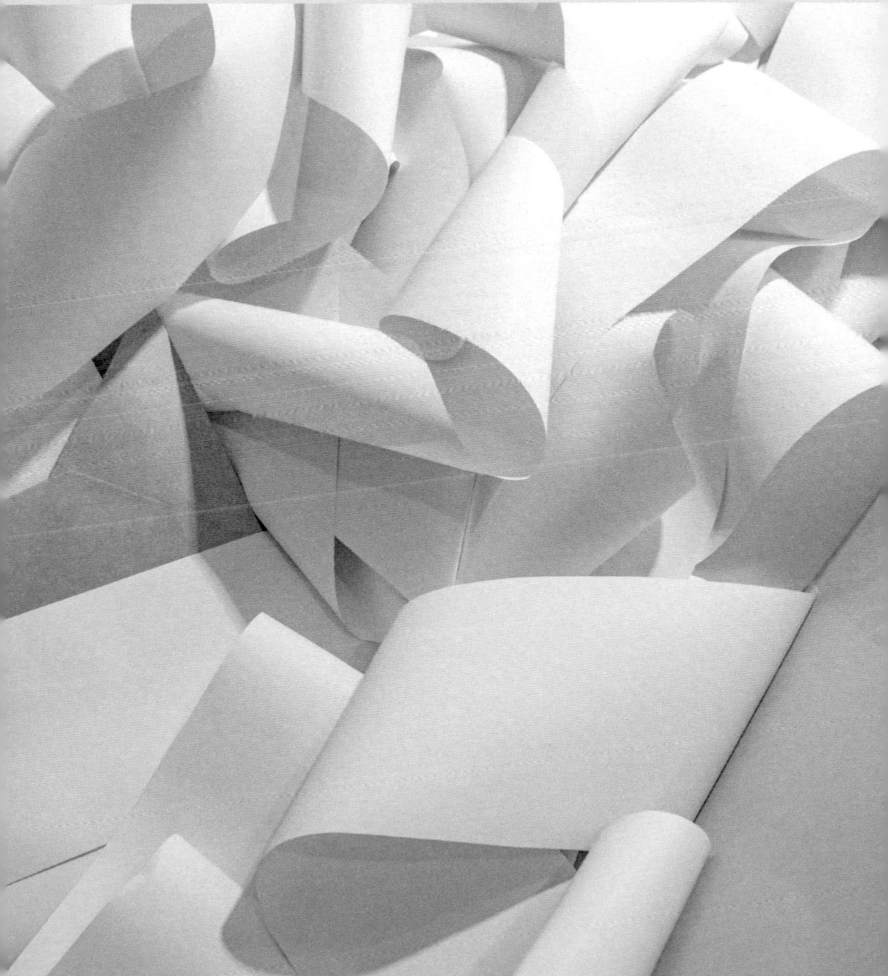

采實出版集團
ACME PUBLISHING GROUP